共和国故事

天下无欺

——全国开展"三一五"保护消费者权益日活动

陈栎宇 编写

吉林出版集团股份有限公司

图书在版编目（CIP）数据

天下无欺：全国开展"三一五"保护消费者权益日活动/陈栎宇编. ——长春：吉林出版集团股份有限公司，2009.12

（共和国故事）

ISBN 978-7-5463-1899-8

Ⅰ.①天… Ⅱ.①陈… Ⅲ.①纪实文学–中国–当代 Ⅳ.①I25

中国版本图书馆 CIP 数据核字（2009）第 237674 号

天下无欺——全国开展"三一五"保护消费者权益日活动
TIANXIA WU QI　QUANGUO KAIZHAN SANYIWU BAOHU XIAOFEIZHE QUANYIRI HUODONG

编写　陈栎宇

责任编辑　祖航　息望

出版发行　吉林出版集团股份有限公司

印刷　三河市嵩川印刷有限公司

版次　2010年1月第1版	2022年1月第8次印刷
开本　710mm×1000mm　1/16	印张　8　字数　69千
书号　ISBN 978-7-5463-1899-8	定价　29.80元

社址　吉林省长春市福祉大路5788号

电话　0431–81629968

电子邮箱　tuzi8818@126.com

版权所有　翻印必究

如有印装质量问题，请寄本社退换

前 言

自 1949 年 10 月 1 日中华人民共和国成立至今,新中国已走过了 60 年的风雨历程。历史是一面镜子,我们可以从多视角、多侧面对其进行解读。然而有一点是可以肯定的,那就是,半个多世纪以来,在中国共产党的领导下,中国的政治、经济、军事、外交、文化、教育、科技、社会、民生等领域,都发生了深刻的变化,中国人民站起来了,中华民族已屹立于世界民族之林。

60 年是短暂的,但这 60 年带给中国的却是极不平凡的。60 年的神州大地经历了沧桑巨变。从开国大典到 60 年国庆盛典,从经济战线上的三大战役到经济总量居世界第三位,从对农业、手工业、资本主义工商业的三大改造到社会主义市场经济体制的基本确立,从宜将剩勇追穷寇到建立了强大的国防军,从废除一切不平等条约到独立自主的和平外交政策,从"双百"方针到体制改革后的文化事业欣欣向荣,从扫除文盲到实施科教兴国战略建设新型国家,从翻身解放到实现小康社会,凡此种种,中国人民在每个领域无不留下发展的足迹,写就不朽的诗篇。

60 年的时间在历史的长河中可谓沧海一粟。其间究竟发生了些什么,怎样发生的,过程怎样,结果如何,却非人人都清楚知道的。对此,亲身经历者或可鲜活如昨,但对后来者来说却可能只是一个概念,对某段历史的记忆影像或不存在,或是模糊的。基于此,为了让年轻人,特别是青少年永远铭记共和国这段不朽的历史,我们推出了这套《共和国故事》。

《共和国故事》虽为故事,但却与戏说无关,我们不过是想借助通俗、富于感染力的文字记录这段历史。在丛书的谋篇布局上,我们尽量选取各个时代具有代表性或深具普遍意义的若干事件加以叙述,使其能反映共和国发展的全景和脉络。为了使题目的设置不至于因大而空,我们着眼于每一重大历史事件的缘起、过程、结局、时间、地点、人物等,抓住点滴和些许小事,力求通透。

历史是复杂的,事态的发展因素也是多方面的。由于叙述者的视角、文化构成不同,对事件的认知或有不足,但这不会影响我们对整个历史事件的判断和思考,至于它能否清晰地表达出我们编辑这套书的本意,那只能交给读者去评判了。

这套丛书可谓是一部书写红色记忆的读物,它对于了解共和国的历史、中国共产党的英明领导和中国人民的伟大实践都是不可或缺的。同时,这套丛书又是一套普及性读物,既针对重点阅读人群,也适宜在全民中推广。相信它必将在我国开展的全民阅读活动中发挥大的作用,成为装备中小学图书馆、农家书屋、社区书屋、机关及企事业单位职工图书室、连队图书室等的重点选择对象。

编　者
2010年1月

目录

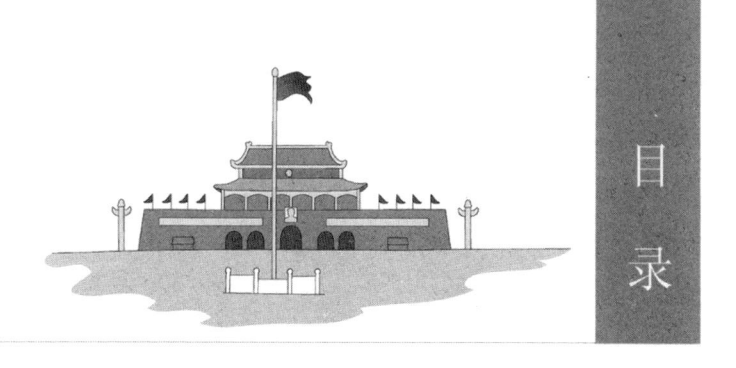

一、政策宣传

　　我国成立消费者协会/002

　　国际消费者权益日亮相中国/010

　　开播消费专题晚会/014

　　司法部门提供保障/016

　　我国诞生第一部专门法律/022

　　开通消费者举报电话/026

　　开展主题宣传活动/029

　　加强消费安全体系/032

二、贯彻执行

　　中国消协开展活动/038

　　铁岭市做好校园维权/040

　　共创农村维权新局面/044

　　民航打造优质服务年/048

　　深圳创立大维权模式/052

　　深圳推出示范活动/064

　　企业界发出责任宣言/068

三、企业行动

　　海尔集团真诚到永远/072

目录

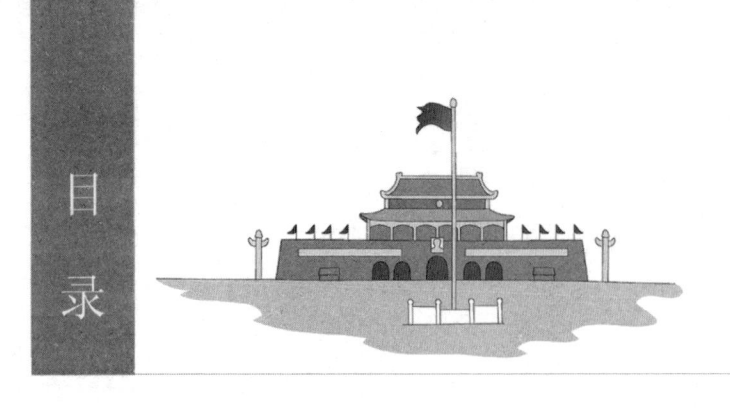

三元集团用良心做事/077

开展"放心奶"工程活动/081

老字号推出放心早餐车/083

中盛让市民吃上放心油/085

国大连锁服务赢得诚信/087

老字号服务荣获金牌/092

天元赢得消费者信赖/094

四、消费维权

艾合买提江热心帮助消费者/098

刘世雄调解消费纠纷/100

杨剑昌一片丹心为维权/102

黄志毅做消费者保护神/107

何俊秋依法维权为群众/109

孙安民建房地产打假网/112

郭振清义务调解纠纷/115

一、政策宣传

- 1984年12月26日，中国消费者协会正式在北京成立。

- 1986年3月15日，北京最繁华的王府井街道上的东风市场门前，彩旗飘扬，人群熙熙攘攘。

- 1993年10月31日，第八届全国人大常委会第四次会议审议通过了《中华人民共和国消费者权益保护法》，并定于1994年1月1日起施行。

我国成立消费者协会

1980年6月,国家工商行政管理总局局长魏今非,率领工商行政管理考察团赴香港考察,其间了解到香港有一个消费者委员会,顺便对其进行了访问了解。考察团回京后,在写给国务院的报告中,提出了在一些大中城市成立消费者协会的建议。

这是关于"消费者"和"建立消费者协会"的建议第一次出现在中国政府的公文中。但当时上上下下对"消费者""消费者组织"所知甚少,这个建议尚未引起足够的重视。

1981年,我国外交部又接到一个会议通知:

> 联合国亚洲太平洋经济社会理事会将于当年6月在泰国曼谷召开"保护消费者磋商会",邀请中华人民共和国消费者组织派代表参加。这次会议的中心议题是:在保护消费者活动中各国政府应采取怎样的政策和措施。

但是,在当时,中国从未有过"消费者组织",因此由谁参会的问题自然让人茫然。后经磋商,决定由国家商检局派员以中国商品进出口检验总公司代表的名义参加此次会议。

在曼谷会议上，与会各国人士几乎一致认为，占世界人口四分之一的中国人是一支最庞大的消费者队伍，国际消费者运动和组织没有中国的参加是不完善的，是没有代表性的！

通过这次会议，我国代表开阔了视野，了解到保护消费者权益运动在国外已有近百年的历史，到 20 世纪 80 年代初，全世界已有近 90 个国家和地区的 300 多个消费者组织在开展活动。

于是，出席联合国亚太区域性保护消费者磋商会的代表回国后，提交了一份报告，正式提出了在我国建立消费者组织、保护消费者利益的建议。同时认为，这项工作涉及面较广，商检工作和保证质量仅是其中的一个环节，由商检部门主管有困难，建议由国家工商行政管理总局负责协调。

报告引起国务院的重视。时任副总理的谷牧明确批示："拟同意，几点建议可同有关部门协商执行。"其他 5 位副总理都一一圈阅同意了这个报告。

就在中国社会上上下下的门窗都已打开，就在上层对消费者权益保护事宜积极酝酿和思考的时候，河北新乐，悄然成为中国消费者权益保护运动的策源地。

20 世纪 80 年代初，在改革大潮的推动下，河北省新乐县工商局，在新乐县恢复了四大市场，还连续组织了 12 场大型庙会，吸引了省内各县市以及周边省区的商户纷纷前来参与。

新乐的经济很快活了起来，集贸市场和几个以农畜产品为主的专业市场日渐兴起。外县消费者如潮水般涌到新乐来赶集。新乐经济出现了前所未有的繁荣。

然而，制度的缺乏、逐利的沉渣，使市场上侵害老百姓的问题日益突出。为了保护老百姓的利益，由新乐县工商局牵头建立一个"维护老百姓利益委员会"的简单设想逐渐形成，并在上级工商局领导的大力支持下开始实施。

据一些工商部门的老同志回忆，从起初的"维护老百姓利益委员会"到定名"消费者协会"，这一称谓变化的灵感源自《参考消息》。

那是1983年3月的一天，新乐县工商局局长袁荣申在《参考消息》看到一则美国"保护消费者利益协会"的消息，消息介绍说衣食住行各类商品都是消费品，每个人都是消费者，协会专门管理侵害消费者利益的行为。

在此消息的启发下，局长与众人协商后决定，"新乐县维护消费者利益委员会"正式取代"维护老百姓利益委员会"。在袁荣申的倡导和努力下，新乐县还制定了处理消费纠纷的"六章二十一条"，后又更名为《新乐县消费者协会章程》。

1983年3月21日，新乐县消费者协会正式挂牌成立，并且通过了《新乐县消费者协会章程》，确定了协会领导的办事机构，袁荣申被推选为消协会长。

继新乐之后，位居我国开放前沿的广州，于1984年8月也正式成立了广州市消费者委员会；同年11月，东北重镇哈尔滨市消费者协会也宣告成立。继而，消费者协会在全国各地陆续建立起来，中国消费者的命运也由此发生了巨大变化。

就在基层消协组织不断涌现的时候，中国消费者协会的筹建工作也在紧锣密鼓地进行中。国家工商行政管理局党组对中国消费者协会的筹建工作极为重视，要求必须在1984年年底把中国消费者协会成立起来。

1984年12月26日，这个不平凡的日子已载入史册。这一天，中国消费者协会正式在北京成立。

那天早晨，全国政协礼堂第二会议室里喜气洋洋，"中国消费者协会成立大会"正在举行。

在会上，推选当时任全国人大常委会副委员长兼财经委主任的王任重担任中国消费者协会名誉会长，国家工商行政管理局副局长李衍授担任会长。

中国消费者协会常设机构挂靠在国家工商行政管理局。国家工商行政管理局在经费、人员及办公条件上，都给予了中国消费者协会极大的支持。

中国消费者协会的成立在国内引起很大反响，大大推动了我国保护消费者权益事业的深入发展。在各级党委、人大、政府及工商行政管理等有关部门的大力支持下，省和省以下各级消费者组织很快发展起来。中国消费者权益保护事业也从此正式拉开了大幕。

截至2007年底，县以上消费者协会达3270个。

1987年9月13日，中国消费者协会加入了国际消费者联盟组织。

中国消费者协会的成立，为党和政府又多架设了一条联系人民群众的桥梁。从此，中国消费者权益保护事业开始波澜壮阔地开展起来。

1985年，中国消费者协会共受理投诉8041件。1994年《消费者权益保护法》（简称"消法"）开始实施，当年受理投诉达41.1706万件。

针对消费者的投诉，中国消费者协会展开了各项行动。

中国消费者协会促进了交强险制度完善。机动车交通事故责任强制保险实施后，社会争议很大。刘家辉等700余位消费者向中国消费者协会反映，交强险制度设计存在诸多问题，如：保费高、保障低，无责财产赔付制度不合理，条款制定和费率厘定过程不透明，救助基金等配套规定久未出台等。

中国消费者协会抓住了这一涉及千家万户的问题，做了大量的调查研究和专家论证。

2007年5月至7月，中国消费者协会先后通过多种渠道就交强险问题，向全国人大、国家发改委、国务院法制办、中国保监会提交了《关于交强险问题的建议函》，并就《道路交通安全法》向全国人大、国务院法制办提出了修改建议。

中国消费者协会建议，机动车交通事故责任强制保险应核清成本，降低保费，大幅度提高保额；修改交强险条款及理赔规定，解决无责财产赔付中的不合理现象；尽快完善交强险救助基金制度；召开听证会；修改并完善交强险法律制度等。

在中国消费者协会的推动下，中国保监会在京召开了交强险费率调整听证会，出台了《中国保监会关于调整交强险责任限额的公告》，规定新版交强险、商业三责险双双降价。

全国人大常委会则通过了《道路交通安全法》第七十六条的修正案，自 2008 年 5 月 1 日起施行。有关方面已表示，未来重点完善交强险制度。

中国消费者协会封杀商场返券促销。全国各地商场的返券之风，一年比一年刮得邪乎，几乎无店不促销，无时不打折。促销额度也急剧攀升。人们渐渐发现，大打折扣的不是商品，而是商业诚信。

2006 年底，北京市消协率先公开叫停返券。

2007 年 2 月初，中国消费者协会就有关消费卡、返券问题与政府部门、有关商业企业进行沟通，并与全国 45 个省市消协联合，公开揭露问题，进行法律分析，引起广泛社会反响。

随后中国消费者协会向全国人大、国务院法制办、商务部、北京市商务局等有关单位寄发了建议函，建议在全国明令禁止返券促销；立法限定商业促销的次数和时限；改"明码标价"为"明码实价"。

2007年3月16日，北京市出台《实施〈零售商促销行为管理办法〉细则》，向返券（卡）虚假优惠折价等价格欺诈亮出了红牌。

中国消费者协会、北京市及各地消协的行动引起社会强烈反响。当时，北京各大商场基本取消了返券促销方式，以直接打折、减价代替了计算复杂的返券。

中国消费者协会打破移动电话资费坚冰。在消费者与电信部门之间的资费较量中，各地消协组织更是倾注了极大的心力。

在2006年"三一五"期间，北京市消协联合北京市律师协会消费者权益委员会，公开提出"电信改革一降四取消"，之后有关建议递交给信息产业部、北京市通信管理局及北京各大通信运营商。

中国消费者协会与北京市消协联手将有关专家、学者百余人研讨会的意见分别发给国家发改委、信息产业部、国有资产管理委员会等政府部门。

在消协的力推下，2007年1月，有关部门召开听证会，公布了下调手机漫游费等的新资费方案。

中国消费者协会推动规范房贷律师费。

通过消费维权，越来越多的消费者发现，一些行业长期存在的"潜规则"在侵害自己的利益。但是，靠消费者单打独斗，基本上没有胜出的希望。

商品房开发商向购房消费者代收800元至3000元不

等的律师费就是一例，虽然遭到消费者的广泛质疑，但开发商依然我行我素，照收不误。

对此，中国消费者协会从 2005 年开始就展开了一系列工作。

2007 年 1 月 17 日，北京市消协与北京市律协、北京市银行业协会联合发表公告，坚持谁委托谁付费的原则；3 月，中国消费者协会和中国律师协会也发表了联合倡议；北京市律协出台了《律师办理商业银行个人住房抵押贷款法律业务操作指南》。

至此，在北京，转嫁给消费者 8 年的律师费的"霸王潜规则"终被废止。

各级消协组织有效参与社会管理的层次和水平不断升级，成为被广大消费者认同的维权中坚，为中国消费者权益保护事业建立了不容置疑的功绩。

国际消费者权益日亮相中国

1985年10月,以朱震元副会长为团长的中国消费者协会代表团在香港消委会考察,国际消联亚太地区总干事艾华·费沙尔闻讯后,专程赶赴香港与中国消费者协会代表团会晤。费沙尔介绍了国际消联的情况,并提到了3月15日是国际消费者权益日。

在1983年,国际消联确定每年3月15日为"国际消费者权益日"。从那以后,世界各地的消费者组织都在每年的3月15日这一天举行多种多样的庆祝活动或纪念活动。

中国消费者协会代表团的香港之行以及与国际消联的频频接触,大大开阔了中国消费者协会的眼界和视野,也使中国消费者协会对"三一五"的认识逐渐清晰和深刻,中国消费者协会开始酝酿举办"三一五"活动。

1985年年底,一件机缘巧合的事也促进了"三一五"活动在中国的举办和开展。

当时,负责中国消费者协会宣传工作的丁世和,在整理工作资料时,发现了两份翻译的资料,一份是介绍3月15日"国际消费者权益日"的来历,一份是世界各地消费者组织如何纪念"三一五"的活动情况。

丁世和读后,眼睛一亮,觉得这是一个很重要的信息，他随后进行了整理，并向当时的中国消费者协会秘书长王江云进行了汇报。

中国消费者协会经过商议，决定在1986年举行"三一五"活动。丁世和整理的有关国际消费者权益日由来的资料，也以中国消费者协会的名义第一次刊登在1986年3月10日的《中国消费者报》上。

1986年2月，中国消费者协会便开始紧锣密鼓地策划组织第一个"三一五"活动，因中国消费者协会当时还没有参加国际消联，所以活动的名称并没有出现"国际消费者权益日"的字样，而是采取街头宣传的形式，把活动命名为"维护消费者权益宣传活动"。

活动定在北京繁华的重点商业区消费者流动量大的地方举行。究竟在哪里举办？刘远英、杨克想到了东风市场总经理余镕。当刘远英、杨克向余镕谈起举办"三一五"活动时，余镕当即表示大力支持，并免费提供场地，承担布置现场的工作。

1986年3月15日，初春的北京乍暖还寒。北京最繁华的王府井街道上的东风市场门前，彩旗飘扬，人群熙熙攘攘。"中国消费者协会维护消费者权益宣传活动"的横幅分外醒目，这是"三一五"第一次在中国亮相，也是中国消费者协会首次举行"三一五"活动。

在活动现场，工作人员向过往群众热情地介绍消费者的权利以及消费知识。人们对此既感到陌生又感到亲切，纷纷围了上来，活动现场挤满了一层又一层的人群，他们争先恐后地索取有关宣传资料和《中国消费者报》，还有不少消费者挤向桌前，前来咨询、投诉，中国消费者协会工作人员一一做了回答。有的消费者还留言说，"消费者有了自己的组织，购买了劣质产品投诉就有门了""消费者有了保护神"……

宣传活动原定上午11时30分结束，由于有太多的消费者前来咨询和投诉，活动持续到13时才结束。据统计，这次"三一五"活动共散发了2万多份宣传材料和《中国消费者报》，当晚，中央电视台新闻联播节目对"三一五"活动进行了报道。

"三一五"从此为亿万中国消费者所知晓。

1986年、1987年，中国消费者协会把"三一五"活动重点放在了北京的繁华商业区。1987年9月，中国消费者协会加入国际消费者联会，1988年中国消费者协会决定把"三一五"推向全国，在全国范围内举办"三一五"活动，"国际消费者权益日"也开始第一次正式亮相中国。

1988年3月15日，全国各地消费者协会举行"国际消费者权益日宣传咨询服务活动"，隆重纪念"三一五国际消费者权益日"。

这一天，我国已成立消协的700多个大中城市和县城的街头，纷纷在举行多种多样的宣传咨询服务活动。这也是中国消费者协会加入国际消联后，组织的第一次全国性的"国际消费者权益日"纪念活动。这次活动规模大、声势大、影响面广、效果好。

当天，中国消费者协会、北京市消协、中国消费者报社在北京王府井大街联合举办了"三一五"活动。

"三一五国际消费者权益日"正式登陆中国，并将中国的消费者权益保护与世界消费者权益保护融会在一起。

中国消费者协会于2000年"三一五"期间推出"三一五标志"，标志以中国消费者协会会徽图形为上方图形，同时加注"三一五"字样。

此标志包含两方面的含义：一是对优质商品或服务的一种认可和证明，二是使企业履行作出的承诺：即发生小额消费者权益争议时，消费者与经营者双方协商不成，经营者自愿接受消费者协会的调解意见，以避免小额争议久拖不决。

从此，我国一年一度的"三一五"活动，规模、声势越来越大，形式越来越多，影响也越来越广。

开播消费专题晚会

1991年3月15日，中国消费者协会与中央电视台、中国消费者报社、中华工商时报社联合举办了"国际消费者权益日消费者之友专题晚会"。

1991年3月15日，中央电视台经济部的编导们推出现场直播"三一五"国际消费者权益日"消费者之友专题晚会"。

首届"三一五晚会"，在中国经济蓄势待发的时期，在中国消费者尝到改革开放的甜头，同时也正承受着假冒伪劣产品所带来的痛苦时，为消费者正确维护自身权益起到了很好的启蒙作用。

晚会现场10部热线电话此起彼伏，很多打不进电话的人，甚至把那些有质量问题的商品带到直播现场的门口请求曝光，消费者的维权意识被唤醒了。

由此，拉开了中央电视台每年"三一五晚会"的序幕。中央电视台"三一五晚会"的收视人数成为仅次于春节联欢晚会的大型综合性晚会。

1992年"三一五晚会"上，国务院10个政府部委的部长接受现场采访，表明政府支持人民、保护人民利益的决心。

节目还穿插了主持人远赴安徽采访一例因使用热水器

而导致消费者死亡的案子,晚会现场受害者的亲属声泪俱下的控诉,在观众中产生了强烈的震撼作用,以致安徽省有关部门领导,在收看晚会的过程中就作出了行政制裁的决定。当主持人在现场晚会临近结束时宣布这一消息后,全场掌声雷动。

"三一五晚会"当中曝光了大量严重损害消费者合法权益的案件,对促进问题的解决,对宣传"消法",提高消费者自我保护意识和能力起到了重要的作用。

1991年到2009年以来,"三一五晚会"揭穿了无数的骗局、陷阱,揭开了无数的秘密、黑幕,维护了无数的公平、公正,改变了无数人的命运和人生。

每年的3月15日,"三一五晚会"都为保护消费者的权益发出最强烈的声音,对促进制度发展、共建和谐社会起了重要作用,关系到每个人的切身利益。

司法部门提供保障

1991年12月23日,北京两位女青年在中国国际贸易中心下属的超市购物时,因被疑有未付账商品而被超市强行搜包。

不堪其辱的两位女青年将超市告上法庭。1992年11月18日,北京市朝阳区人民法院判决受害人最终获得2000元精神损害赔偿。此事首开消费者维护人格尊严之先河。"尊严有价",标志着我国法律对人权的保护向前迈进了一大步。

进入20世纪90年代,消费者权益受损后要求精神损害赔偿的案件层出不穷。消费者对精神受到损害而要求赔偿的呼声也越来越高。

1993年10月31日,"消费者人格尊严受法律保护"终于以法律条文的形式明确写进了《消费者权益保护法》。

在此前后,广东、上海、浙江、重庆等地陆续出台的地方消保条例,也对精神赔偿作出了"明码标价"。如广州规定精神赔偿至少5万元;重庆则明确规定,精神损害最高赔偿额为10万元。

对消费者权益的司法保护,是国家保护消费者权益的最后一道防线。司法保护正在发挥着越来越重要的作用。

1995年3月8日，17岁的贾国宇与家人及邻居在春海餐厅聚餐，就餐时被爆炸的卡式炉燃气罐炸伤，容貌被毁。贾国宇一家将卡式炉的生产厂家告上了法庭。法院判决贾国宇获得治疗费等17万余元以及包括精神损失赔偿在内的残疾赔偿金10万元。

17岁的花季少女，不到一顿饭的工夫，就变成了一位容貌被毁、劳动能力受限的受害者。她关于精神抚慰金赔偿的请求，获得法院的支持，这在我国法院办理的同类案件中还是首例。

此案打开了我国消费者人身受到伤害要求精神赔偿的大门。随后消费者权益受损后要求精神损害赔偿的案件层出不穷。

2001年3月10日，最高人民法院《关于确定民事侵权精神损害赔偿责任若干问题的解释》正式公布实施，第一次明确规定了精神赔偿的范围、标准，以及可诉讼主体。

最高人民法院制定的司法解释，把赔偿残疾赔偿金和死亡赔偿金等精神损害赔偿制度扩大适用到一切人身伤害领域，消费者受伤有权获得精神损害赔偿，不再是疑难的事情。

1996年4月24日，《消费者权益保护法》的起草人之一、法学家何山，从某商行买下两幅徐悲鸿先生的作品。

5月13日，何山以"怀疑有假，特诉请保护"为由诉至北京市西城区法院。法院开庭审理后认定被告出售国画时有欺诈行为，判决被告退还原告购画款 2900 元，增加赔偿原告购画价款的一倍赔偿金 2900 元。

法学家"以身试法"，在当时被称为全国首例疑假买假诉讼案。

在此前发生的，王海知假买假打假的案件，只是王海与商家的交涉，并未进入诉讼程序。而何山打假直接突入诉讼领域，向商品欺诈宣战，无疑是向商业欺诈行为投出了一颗重磅炸弹。

何山"以身试法"，有力地回击了"知假买假者不是消费者"的议论，明确了疑假买假者也是消费者，应当获得双倍赔偿；昭示了消费者请求双倍赔偿不是商家的恩赐，而是消费者自身应有的法定权利，受到欺诈的消费者应当勇敢地行使自己的权利。

2001 年 3 月 15 日，河南省鹤壁市消费者李某购买了当地一家建筑安装公司的一套住房。入住后不久便发现房子多处断裂，开始协商退房。随后又获悉，这套住房是开发商在 1999 年底未经规划部门批准擅自建设的，鹤壁市建委下发了拆除令，法院正在强制执行，而且整栋楼房的房产证又被抵押给了银行。李某此前对此毫不知情。

2001 年 11 月 8 日，李某以欺诈销售商品房为由，将这家公司诉至鹤壁市山城区法院，要求依据"消法"予以双倍赔偿。

2002 年 2 月，一审法院判决认定这家公司对消费者构成欺诈，判决双倍赔偿。被告不服，提出上诉。2002年5月29日，二审法院维持一审判决。被告仍不服提起申诉，被法院驳回。

由于对商品房的购买者是否属于"消法"规定的"消费者"、商品房买卖中的欺诈行为是否适用"消法"规定的"双倍赔偿"，在民法理论界及司法实践中存在不同看法，在实务中由于商品房涉及金额大等等原因，实际上消费者在提出双倍赔偿的要求后常常得不到法律支持。

作为全国首例终审生效的商品房欺诈双倍赔偿案，引起了各界的极大关注。

2003年6月1日起，最高人民法院施行的《关于审理商品房买卖合同纠纷案件适用法律若干问题的解释》，规定了可以请求商品房的出卖人承担不超过已付购房款一倍赔偿责任的五种情形。商品房消费者可以据此对特定情形下的房地产出卖人的欺诈行为请求惩罚性赔偿。

2005年7、8月间，浙江省杭州华夏医院在各类媒体上发布了一则医疗广告，称该院"首家引进香港国际类风湿病研究院独创的'免疫平衡调节微创手术'，治疗类风湿性关节炎、强直性脊柱炎，手术安全可靠，无痛苦，术后无须长期服药"。

有38位患者先后在该院接受手术，结果不仅病没有治好，还不同程度地出现了声音嘶哑、咳嗽、恶心等症状。经鉴定，其中14人为九级伤残。

杭州华夏医院的虚假广告，从被浙江省工商局紧急叫停，到被浙江省工商局查处并移送公安机关、到华夏医院反咬工商局行政违法提起行政诉讼、到检察机关正式批捕华夏医院虚假广告案当事人、到该医院因涉嫌刑事犯罪被杭州市江干区检察院起诉，一直为社会广泛关注。

杭州市江干区人民法院审理认为，杭州华夏医院在未取得有效医疗广告证明的情况下，通过媒体向社会公众发布医疗广告。广告内容违反《广告法》的规定，就医疗服务的技术来源、医疗效果、医生资历做虚假宣传，涉案患者基本未能达到广告宣传的医疗效果，并致使14名患者九级伤残，情节严重，其行为均已构成虚假广告罪。

2007年11月9日，该院作出一审判决，黄元敏等4名医院负责人均被裁定构成虚假广告罪，分别被判处一至两年有期徒刑并处罚金。

杭州民营医院华夏医院虚假广告案被称为是全国"虚假广告第一案"。医疗广告一直是虚假广告的重灾区。其重要原因之一就是发布虚假医疗广告的违法成本太低，即使被查处了最多是罚点款。其实，医疗信息传播是事关人民群众生命健康安全的大事，这一案件的宣判，对不法分子形成了威慑。

这起虚假医疗广告案发生后，管理机关对《医疗广告管理办法》进行了修改，进一步明确了认定和处罚虚假广告的主体，对广告内容做了进一步限制，其中把原来准许在广告中出现诊疗方法一项内容予以禁止，对进一步规范医疗广告起到了很好的推动作用。

中国消费者权益司法保护，不断跃上一个又一个新的台阶，一些难题接连被攻克，一些新型侵权行为受到了法律的打击。

我国诞生第一部专门法律

1993年10月31日,第八届全国人大常委会第四次会议审议通过了《中华人民共和国消费者权益保护法》,并定于1994年1月1日起施行。这是我国诞生的第一部保护消费者权益的专门法律。

我国最早的保护消费者合法权益的法律诞生在福建省。

1987年初,福建省消费者协会接到群众反映,称福州郊区城门乡樟岚村一农民在废弃的坑中,用有毒的工业废盐腌售大头菜。大头菜事件一时成了轰动全国的大新闻。

然而法律的欠缺,使深受其害的消费者无法向生产者索赔。消委会为消费者维权也于法无据,最终只能对违法者处以2000元罚款。

与此同时,福建农学院教师集体购买到假冒伪劣电视机无法解决、国外进口冷暖风机质量差无法处理等事件,使社会上对设立一部保护消费者合法权益法规的立法呼声愈来愈高。

1987年2月,福建省消委会受省人大委托组织《福建省保护消费者合法权益条例》起草班子。白手起家的起草小组参阅了国内外大量资料,结合福建省消委会两年多的工作经验,形成初稿,并六易其稿,在仍有分歧的情况下,进京听取全国人大和中国消费者协会对条例的意见。

全国人大财经委和法工委连续3次听取福建关于条例起草有关情况的介绍。

时任全国人大常委会副委员长、中国消费者协会名誉会长的王任重，亲自在草稿上做了审阅修改后批示："此条例很好，可供各地参考。"

1987年9月4日，福建省六届人大常委会通过了《福建省保护消费者合法权益条例》，同年12月1日起正式实施。这是我国第一部保护消费者合法权益的地方性法规，颁布后引起强烈反响。条例的问世，填补了我国经济立法工作的一项空白。

在当时，市场开放了，经济繁荣了，但是，与消费问题有关的各大事件也不断发生。

那时的商品消费领域，侵害消费者权益的事件层出不穷。炸油条掺洗衣粉、做蛋糕加化肥、香油中掺柴油、胡椒粉中加泥灰末、用氨水发豆芽、用福尔马林泡"凤爪"、用瘟猪肉制香肠、用工业酒精兑制假酒等等。

据统计，从1985年到1989年，四川、广西、贵州、江苏、河南、吉林等地先后发生11起用工业酒精制假酒的案件，造成4966人中毒，129人死亡，33人双目失明。

服务消费领域损害消费者权益的行为屡见不鲜；旅游、交通、娱乐场所服务质量低劣、欺诈行为不断；敲诈勒索、侵犯消费者人格尊严，对顾客非法搜身、甚至打骂顾客。在深圳，从1992年底到1993年5月，该市先后发生 5 起商品售货员殴打顾客的事件。

恶性事件急需国家专门立法，确立消费者的权利，规定经营者的义务，明确损害消费者权益应负的法律责任，并通过国家有关机关的执法活动严厉制裁违法行为。

1992 年初，国家工商行政管理局在全国人大法工委的指导下，着手起草"消法"。并经广泛征求各方意见，大规模论证，反复研究、修改，形成了《消费者权益保护法（草案）》。

1993 年 10 月 31 日 15 时，第八届全国人大常委会第四次会议全票通过《消费者权益保护法》。

《消费者权益保护法》既是一部规范市场交易的法律，又是带有社会保障性质的法律，是我国保护消费者权益发展史上的一个重要里程碑。

当时，《消费者权益保护法》作为基本法，对于与消费者权益保护有关的基本原则和重要问题做了规范，但没有相应的实施细则。

制定行政规章、规定是对消法进行细化和补充的一种途径。各级工商行政管理机关高度重视立法立规，在这方面做了大量的工作，促进了"消法"的贯彻实施。

国家工商行政管理局先后有针对性地制定了《欺诈消费者行为处罚办法》《工商行政管理机关受理消费者申诉暂行办法》《工商行政管理所处理消费者申诉实施办法》等三个行政规章，还与有关部门联合发布了《部分商品修理更换退货责任规定》和《农业机械产品修理更换退货责任规定》等配套规章、规定。

各地工商行政管理机关积极配合地方人大、政府进行"消法"配套法规和规章的草拟、制定工作，取得了显著的成效。各省、自治区、直辖市人大审议通过了保护消费者权益的地方性法规。配套法规、规章的不断完善，丰富了保护消费者权益的法律体系，进一步增强了"消法"的可操作性。

1996年3月15日，国家工商行政管理局以第五十号局令，颁布《欺诈消费者行为处罚办法》。

"办法"对欺诈行政责任作了进一步明确和细化，对欺诈消费者行为的认定和行政责任作了规定，并确立了举证责任倒置制度，大大方便了工商行政管理机关的行政执法工作。

1997年3月15日，国家工商行政管理局以第七十五号局令，颁布了《工商行政管理所处理消费者申诉实施办法》。

其中，规定了处理消费者申诉的简易程序：口头申诉、当即处理、即时履行、就地处理。这个办法强化了工商行政管理机关的行政执法力度。规定可以根据情节没收违法所得，处以违法所得一倍以上五倍以下的罚款等处罚，以体现行政执法的力度。

《消费者权益保护法》的制定实施，标志着我国保护消费者权益工作纳入法制轨道，走上了依法保护的新阶段。

此后，全国共有30个省级行政区陆续依据"消法"制定了相关的细则、条例或办法。

开通消费者举报电话

1996年5月2日，福建省漳州工商行政管理局芗城分局，在全国率先创建了消费者申诉举报服务台，开通了号码尾数为"315"的消费者申诉举报服务专用电话。

这一新生事物一出现，立即在全国产生轰动效应。

在"漳州315"之后，"鄂州315""淄博315""兰州315""宁波315""厦门315"等也迅速发展起来。

随后，在一些省份进一步发展成为覆盖全省的消费者申诉举报网络，如"福建省95315""浙江96315"等。

国家工商行政管理局对基层创造的这一保护消费者合法权益的有效形式，始终给予了充分的重视和支持。

1999年3月，为了使申诉举报服务电话达到易记、方便、规范，更好地发挥其服务于人民群众、服务于监管社会主义统一市场的作用，国家工商行政管理局在信息产业部的大力支持下，将消费者申诉举报电话号码统一为"12315"。并在1999年"三一五消费者权益日"向全国进行公布。

到2002年底，全国31个省、自治区、直辖市的工商机关均开通了"12315"消费者申诉举报服务电话。

各地以"12315"电话为依托，陆续建立了"12315"消费者申诉举报网络，逐步形成了"一个中心，三级执法"的消费者权益保护体系，即在大中城市工商局普遍建立了

"12315"消费者申诉举报指挥中心,在区县分局和工商所建立了"12315"消费者申诉举报中心或消费者申诉举报站,确定了相应人员在"12315"值班岗位上工作。

在全国范围内,一个覆盖城乡、扩大案源、申诉举报方便、调解及时、查处快捷的"12315"消费者申诉举报执法网络开始形成。

北京、厦门、福州、宁波、杭州、潍坊、淄博等许多大中城市工商行政管理机关在建立"12315"消费者申诉举报网络的过程中,还建立了一个指挥中心,做到内外配合联动,市局、分(县)局、工商所三级执法。

内外配合联动,即在工商行政管理机关内部与其他职能科室配合;在外部与公安"110"等政府其他执法部门联动。

北京等许多地方还把"12315"网络的申诉举报站、点延伸到商业企业、城镇街道、农村村委会,扩大了监管执法的覆盖面,有效地弥补了工商行政管理部门在消费者权益保护工作方面的局限性,加大了消费者权益保护工作力度。

仅以"12315"电话统一开通的第一年1999年为例,这一年,全国工商行政管理机关受理侵害消费者合法权益案件明显增多,共受理消费者申诉27.2万件,行政调解成功率为93.4%;共查处侵害消费者权益案件6.7773万件,比上年增长63%;罚没金额7643万元,比上年增长70%;共查处制售假冒伪劣商品违法案件16.85万件,比上年增长57.88%;捣毁制假售假窝点12913个。这些成绩的取得与"12315"消费者申诉举报网络的建设密切相关。

"12315"消费者申诉举报电话的开通还得到了国际友人的肯定。国际消费者联盟主席陈黄穗女士曾称赞说:"中国保护消费者权益工作不是被动受理,而是主动查案,这一点在全世界有推广意义和警示作用;中国开通'12315'消费投诉举报专线,值得世界其他国家学习。"

全国工商机关高度重视"12315"行政执法体系的建设,把构建行政执法、行业自律、社会监督为一体的"12315"消费者权益保护行政执法体系,作为推进工商行政管理监管制度改革的一项重要内容。

按照国家工商总局的总体部署和统一要求,全国工商系统内部实施"12315"行政执法体系建设"一把手"工程,全力以赴推进。

目前,全国有 11 个省、自治区、直辖市工商局和 414 个地市工商局建立了相对集中受理的"12315"中心,做到了对消费者咨询的当场解答,对申诉和举报的实时受理、快速分流、依法处理、及时反馈和跟踪督办。

2007 年,全国工商行政管理机关依托"12315"网络,共受理消费者咨询、申诉和举报 516.6 万件,处理消费者申诉 76.4 万件,查处侵害消费者权益案件 14.4 万件,为消费者挽回经济损失 7.4 亿元,案件总值 8.4 亿元,为保护消费者合法权益,维护了市场经济秩序,营造放心的消费环境提供了有力的执法保障。

开展主题宣传活动

1997年,中国消费者协会确定第一个年主题——"讲诚信·反欺诈",拉开了"年主题"的序幕。

所谓"年主题",就是指消费者协会在广泛宣传贯彻《消费者权益保护法》的基础上,每年突出一个方面的内容,使之更深入、更深刻、社会反响更大。

在每年的3月15日"国际消费者权益日",中国消费者协会都组织全国各地的消费者,举办大规模的"国际消费者权益日"主题宣传活动。

中国消费者协会推出了"讲诚信、反欺诈""为了农村消费者""安全健康消费""明明白白消费""绿色消费""科学消费""营造放心消费环境""诚信·维权""健康·维权"等主题。

2002年,消费者权益日主题是"科学消费"。"科学消费"主题旨在引导消费者不断扩大消费领域和提高消费水平。它以保护消费者的安全权和知情权为核心,以监督食品、药品和建筑装饰材料等热点消费领域为重点,宣扬科学消费理念,普及科学消费知识,全面提高消费者素质。

从实际出发,自觉地运用科学知识进行合理消费,以促进人的身心健康和全面发展为最高标准。

2003年，消费者权益日主题是"营造放心消费环境"。开展"营造放心消费环境"年主题活动是指依据《消费者权益保护法》和其他相关法规，消费者的九项基本权利最大限度地得到切实保障，真正实现消费者购买商品和接受服务的"零风险"。

2004年，消费者权益日主题是"诚信·维权"。开展"诚信·维权"年主题的目的是：

> 通过对经营者的广泛监督，在各级党委和政府的领导下，推进完善行政执法、行业自律、舆论监督、群众参与相结合的市场监管体系，推动社会信用体系建设，充分发挥消费者在规范和整顿市场经济秩序中的巨大作用，促进社会主义市场经济健康、快速、协调发展。

2005年，消费者权益日主题是"健康·维权"。"健康·维权"的主题，目的是在保护消费者生命健康权、培养消费者健康消费意识的同时，促使社会各界从落实可持续科学发展观、构建和谐社会的高度重视消费者生命健康问题。

2006年，消费者权益日主题是"消费与环境"。通过开展"消费与环境"主题活动，希望促进市场秩序的规范，营造安全放心的消费环境，保障消费者的安全权；倡导健康、文明的消费方式，节约资源；减少消费对环境的负面影响，促进人与自然和谐相处。

2007年，消费者权益日主题是"消费和谐"。目的在于，在全社会中消费领域要树立一种"消费和谐"的理念，经营者、消费者、政府和相关部门要履行应尽的社会责任，共同努力营造一个"消费和谐"的市场环境，推动扩大内需，促进我国经济又好又快发展，维护社会稳定，促进社会主义和谐社会建设。

2008年，消费者权益日主题是"消费与责任"。"消费与责任"的含义是：保护消费者的合法权益，是全社会的共同责任，社会各有关方面应共同努力，做好消费维权工作，改善消费环境，促进经济社会又好又快发展。要求企业诚信经营，守法经营；各级政府及有关部门加大监管力度，切实保护消费者的合法权益；消费者应积极参与对商品和服务的社会监督；同时，要树立先进的消费观念和消费方式，科学、合理、文明消费。

2009年，消费者权益日主题是"消费与发展"。"消费与发展"年主题主旨是：宣传消费政策，推进消费维权，提高消费信心，构建消费和谐，促进经济发展。

实践证明，开展年主题活动是符合消费者协会工作实际的一种有效做法，扩大了消费者协会的影响，促进了《消费者权益保护法》的宣传与普及，深化了大家对消费者权益保护事业的认识，推进了社会主义市场经济的健康发展。

加强消费安全体系

2009年3月,温家宝总理在《政府工作报告》中强调:

今年要在全国开展整顿和规范市场秩序专项行动以及"质量和安全年"活动。

各地区、各职能部门及企业,都应当从保增长、保民生、保稳定的高度认识产品质量问题的重要性,贯彻落实中央部署,努力改善消费环境,切实保护消费者权益。

党和政府一直高度重视消费者权益保护和消费者协会工作。

1989年,国务院总理李鹏在全国人大七届二次会议上所作的《政府工作报告》中,特别强调"要发挥消费者协会的作用"。

1990年1月15日,李鹏又专门题词:

消费者协会要成为政府联系广大消费者的桥梁。

党的"十三大"工作报告首次提出保护消费者合法权益，党的"十五大"工作报告首次提出指导消费者合理消费，为协会工作指明了方向。

进入2004年，国务院副总理吴仪曾两次明确要求，消费者协会要发挥作用，要抓教育，抓整个国民素质的提高，抓消费者自我保护意识的提高，要组织开展讲座和宣传，帮助消费者掌握防欺诈、识别假冒伪劣产品的基本知识，提高全民质量意识和安全防范意识，维护自身合法权益。

在全国实施食品药品放心工程电视电话会议上，吴仪明确指出：

> 实施食品药品放心工程是得民心、顺民意的正义之举，不仅需要各地区和有关部门做好工作，还需要广泛发动社会各界积极参与……要进一步发挥各级消费者协会和质量监督、食品医药品行业协会的作用。

2004年10月，吴仪在北京接见国际消费者联会的代表时，就今后的消费者权益保护工作，吴仪要求中国消费者协会，应着重做好五个方面的工作：

一是要完善立法工作；

二是要进一步加强司法工作，支持消费者

诉讼，公正公平地处理侵害消费者权益的案件；

三是要继续加大行政执法力度；

四是要进一步发挥消费者协会的作用；

五是要加强与国际消费者联会交流与合作，学习先进经验，弥补我们的不足，使人民群众安居乐业。

2008年6月26日，全国消费者协会工作会议在京召开。

在会上，国家工商行政管理总局副局长王东峰指出：

当前，我国已经进入全面建设小康社会新的发展阶段，消费者权益保护工作面临着新的形势和更加繁重的任务。

…………

保护消费者权益工作任重而道远，各级消协工作光荣而艰巨。要深入贯彻党的十七大精神，全面落实科学发展观，扎实工作，努力开创消费者权益保护工作新局面，为构建和谐社会、促进经济社会又好又快发展作出新的更大的贡献。

2009年，温家宝总理在《政府工作报告》中强调"要让人民群众买得放心、吃得安心、用得舒心"，这对企业提高产品质量提出了要求，也给 2009 年的"三一五"增加了分量，也让人们对"三一五"之后的消费环境寄予了更多的希望。

深入开展食品药品安全专项整治，健全并严格执行产品质量安全标准，体现了党中央、国务院对产品质量安全问题的高度重视。

2009 年 3 月，国家工商行政管理总局发出通知，明确要把"12315"建设成为工商部门与广大消费者和人民群众信息互动的平台，工商部门畅通民意的平台，工商部门接受社会监督和听取群众意见的平台，工商部门解决人民群众最关心、最直接、最现实利益问题的平台。

2009 年，中国消费者协会组织以"消费与发展"年主题为主线，采取十大举措继续加强对消费者的教育和指导、对商品和服务的社会监督、受理消费者投诉及救助工作，提高消协组织消费维权工作能力、社会公信力和对外影响力，为扩大内需、拉动消费作出新的贡献。

这些行动为加强我国消费安全体系建设，规范市场秩序，维护消费者合法权益，对当前促进消费、保持经济平稳较快增长，提供了有力保障。

二、贯彻执行

● 2006年3月29日，辽宁省铁岭市中、小学消费维权教育工作现场会在西丰县郜家店中心小学召开。

● 2008年11月21日，中国消费者协会以及全国各级消协组织在山东省青岛市召开了全国农村消费维权经验交流会。

● 2009年3月13日上午，"三一五"消费者权益保护日系列活动大幕正式拉开。

中国消协开展活动

1997年,为落实十四届六中全会精神"制止假冒伪劣和欺诈行为",以及《消费者权益保护法》相应的要求,中国消费者协会在全国范围内开展了声势浩大的"讲诚信·反欺诈"年主题活动,这是中国消费者协会历史上第一个年主题。

从此以后,中国消费者协会每年都将年主题作为工作主线之一,为全国各级消费者协会联动开展工作创造了条件。

围绕"讲诚信·反欺诈"年主题,中国消费者协会开展了五项活动:

一是在1997年的"三一五"之前组织了"讲诚信·反欺诈"消费者问卷调查活动。

调查显示,在1996年中,有78.4%的消费者受到不同欺诈行为的损害,消费者深恶痛绝的是以次充好,缺斤少两,假冒商品和服务行业中的宰客行为。结果公布后,各大媒体纷纷报道,引起了很大的社会反响,从此拉开了"讲诚信·反欺诈"年主题活动的序幕。

二是在全国范围内举办了以"讲诚信·反欺诈"为主题的1997年"三一五国际消费者权益日"宣传咨询服务活动。

在这一天，3000多个大中城市、2万多个乡镇、街道围绕同一主题开展活动，步调一致，使宣传的广度、深度和社会影响均超过了往年。

三是举办了"讲诚信·反欺诈"高层论坛活动，立法、司法、行政部门领导及经济界、法学界、工商企业、消费者代表出席，论坛就现实生活中存在的欺诈消费者行为的表现、危害、根源以及深层次的原因、治理的措施和办法等，进行了深入的探讨，提出了解决的意见和建议，为国家对市场进行宏观管理提供了决策参考。

四是组织开展了争创"诚信店"活动，在商业企业中大力倡导诚实守信、公平交易的职业道德，自觉抵制假冒伪劣和欺诈行为，保护消费者合法权益。

五是开展十大行业经营承诺调查。

通过一系列活动，使"讲诚信·反欺诈"年主题逐渐深入人心，经营者提高了自律意识，消费者增强了保护意识，遏制了制售假冒伪劣商品和欺诈消费者行为；而且，对唤起全社会关心、重视保护消费者合法权益的工作，维护正常的经济秩序，起到了很好的促进作用。

铁岭市做好校园维权

2006年3月29日,辽宁省铁岭市中小学消费维权教育工作现场会在西丰县郜家店中心小学召开。

各县(市)区教育局、工商局局长、教育局基础教育科(股)长、消协秘书长参加了会议。

参加会议的还有:副市长孙德兰,市政府副秘书长张维范,省工商局党组成员、纪检组长、省消协常务副会长郑红一,省消协秘书长冯安详,市工商局局长、消协会长马晓光,市工商局副局长、消协副会长曾科,市教育局副局长赵维轩等。

参会人员首先观摩了一堂生动、活泼、内容丰富的消费维权教育示范课。

老师循循善诱和精彩的讲解,不仅使学生受到了维权知识的教育,也使参加会议的人员大受启迪,深感进行校园维权教育会取得良好的效果。

在会上,西丰县教育局、工商局、郜家店小学也分别介绍了在学校进行消费维权教育的经验和做法。

西丰县教育局从提高思想认识,构建"消费维权教育"领导组织体系抓起,制订了西丰县"消费维权教育"工作实施方案,把"消费维权"作为综合实践活动课内容纳入学校校本课程之中,以文件形式下发。

教育局要求各校成立相应组织，即成立由校长为组长，德育副校长为副组长，德育主任、团委书记（少先队辅导员）为专干，校本课程教师为成员，工商所工作人员为顾问的领导小组，把维权活动纳入德育工作和校本课程双重范畴，并在校内设立由教师和学生共同组成的"12315校园红盾维权岗"，各班级设"维权员"。

西丰县工商局成立了由县工商局局长为组长，分管副局长、消协秘书长为副组长，工商所负责人为成员的消费维权教育活动领导小组。

消费维权教育活动领导小组与教育局、学校密切联系和配合，免费为学校提供法律、法规、报刊、杂志等宣传材料，并经常到这些学校指导，共同研讨如何开展维权教育工作。

县消协秘书长、部分农村维权站站长被聘请为"红盾维权辅导员"，定期到学校给师生们宣讲《消费者权益保护法》等法律法规，教给师生识别假冒伪劣商品的常识。

郜家店小学除了开设消费维权教育课，还设立了由辅导员和学生组成的"校园红盾维权岗"，各班设立了"维权员"，"维权员"手中掌握"西丰县投诉网络电话"，收集、了解学生及家长在商品和服务消费权益方面受到侵害的事实，及时与本地工商所联系，及时解决学生家长作为消费者权益受侵害的案例。

郜家店小学还设立"红盾维权小卫士"，负责监督周围的学生不购买"三无"商品和非法出版物,不进入有害学生健康的娱乐场所。

郜家店小学每学期还召开一次"消费维权"班队会,每班分别确定的消费维权主题有"消费维权知多少""做一名聪明的消费者""消费与生活"等。

郜家店小学还通过广播、板报等形式提高学生们的维权意识,开辟了"消费维权专栏",开展"我与12315""维权在校园"等征文比赛等活动。

在会上,铁岭市教育局副局长赵维轩讲了铁岭市教育部门如何抓好中、小学消费维权教育,并提出工商、消协、教育单位要勤联系、多沟通,密切配合,共同把我市学生消费维权教育工作做好。

辽宁省消协常务副会长郑红一在讲话时,高度评价了本次会议,特别肯定了把中小学消费维权教育纳入校本课程的重要性和可行性,并对我市今后中小学消费维权教育工作提出了具体要求。

他强调,一定要站在构建和谐社会的高度,充分理解和认识中小学消费维权的重要性和迫切性;要本着对事业高度负责的精神,大力推广中小学消费维权教育;要围绕提高学生维权意识和能力,认真做好校园维权教育工作。

最后,孙德兰副市长作了重要讲话,他肯定了学校消费维权教育的做法,是贯彻"三个代表"重要思想,从铁岭的实际出发,落实中央经济工作会议精神,构建和谐消费环境、构建和谐社会，推进社会主义新农村建设，振兴和服务地方经济发展的具体举措。

他要求全市教育局和工商局要密切配合，把校园消费维权教育工作做好，各级政府也要对这个工作给予大力支持和帮助。

同时，孙德兰副市长号召全市所有致力于消费者权益保护工作的人士，大家携起手来，一起努力，为打造"诚信铁岭"，构建和谐消费环境、构建和谐社会作出自己的贡献。

共创农村维权新局面

2008年11月21日,中国消费者协会以及全国各级消协组织在山东省青岛市召开了全国农村消费维权经验交流会。

在会上,山东、河北、四川等省的消费者协会组织,介绍了各自在农村开展消费维权工作的情况。

山东省制定了受理投诉四项制度。

"我们制定了受理投诉四项制度,通过充分发挥'一会两站'的作用来推进我省农村消费维权工作。"山东省工商局局长李华理说。

据介绍,这些年来,山东省工商局、省消协利用"'一会两站'植根基层、点多面广的优势,努力构建农村消费教育和咨询服务体系。"

为了提高"一会两站"的维权水平,山东省工商局、省消协先后编印了《生活方式红绿灯》《生活中的1000个小窍门》《消费入门》等消费教育书籍,下发给基层"一会两站"工作人员。

"此外,我们还发挥'一会两站'贴近农村消费市场的优势,努力构建对农村商品和服务的社会监督体系。"李华理说,"'一会两站'是农村消费市场的警示员、调查员、监督员和联络员,工商机关、消协组织要充分发挥其作用，通过它来了解农村消费市场动态，引导农村消费者科学消费，及时向农村消费者发布消费警示。"

李华理介绍说，山东省工商局、省消协还注重发挥"一会两站"化解消费纠纷方便、解决诉求快捷的优势，努力构建农村消费维权救助体系。

山东省专门就此制定了受理投诉四项制度，一是小额消费纠纷和解制度，即小额消费纠纷由"两站"人员引导双方在平等自愿的基础上，以和解的方式解决；二是一般消费纠纷调解制度，即对标额不大不小的消费纠纷，由消协分会帮助"两站"进行调解；三是大额投诉及跨区投诉联办制度，对这类投诉由上一级消协受理，必要时省、市、县消协联合办理；四是涉农大要案件支持诉讼制度，对此类投诉通过消费者法律支持中心、消协律师团支持消费者通过诉讼来维权。

河北省规范了"六个一"建设标准。

河北省是全国最早建设"一会两站"的省份之一。据河北省消费者协会秘书长张耀辉介绍，早在2004年，河北省工商局、省消协对"一会两站"的机构建设提出了一人、一牌、一证、一室、一簿、一栏的"六个一"标准。

一人，即分会至少有一人负责日常工作，"两站"至少有一人做兼职维权工作；一牌，即悬挂统一式样的"一会两站"标志牌；一证，即颁发社会监督员证；一室，即设立调解室；一簿，即设立投诉、举报登记簿；

一栏,即设立固定宣传栏。经过几年的努力,河北省"一会两站"建设目前已全面实现了"六个一"标准。

张耀辉介绍说,这些年来,河北省各级政府都加大了对"一会两站"工作的领导和支持力度。省政府办公厅还专门下发了《关于农村"一会两站"规范化建设的意见》,从指导原则、运行程序和保障措施等方面予以具体明确,为其规范化运行、长效有序发挥作用提供了政策保证和机制保证。

截至2008年,河北省共建立消协分会2344个,消费者投诉站和"12315"联络站5.0225万个,聘请消费维权员10万多名,形成了遍布全省的消费维权网络。

"'一会两站'在全省农村已经深入人心,已成为一个家喻户晓的品牌。"张耀辉说。

四川省加强了农村消费教育指导工作。

四川省是典型的农业、人口大省,该省农业人口占全省总人口的76%。"根据我们的实践经验,在农村推进消费维权,加强宣传教育是一项基础性的工作。"四川省消费者权益保护委员会秘书长刘亚兵在谈到如何推进"一会两站"建设工作时说。

据介绍,四川省各级消协组织除了联合各级有关部门开展送法下乡等宣传活动外,还针对农民科学知识有限、维权意识差等问题,在"一会两站"的基础上专门增设了农村消费教育指导站,派专人定期宣传消费投诉渠道、程序,传授辨假识假知识,引导农民转变消费观念,提高农民的消费维权能力。

四川省各级消协组织在农村的消费教育和宣传活动中,出动宣传人员数万人次,组织参与宣传的各级各部门达3569个,发放宣传资料500余万份,现场接受咨询400余万人次。

刘亚兵说,"一会两站"建设为改善农村市场环境,促进农村经济发展和社会稳定等方面发挥了重要作用,遇到消费纠纷向"一会两站"求助,成为广大农民消费者维权的主渠道。

来自全国各地的消协组织代表一致表示,要采取多项举措推进"一会两站"建设,创造农村消费维权新局面,为社会主义新农村建设作出积极贡献。

民航打造优质服务年

2008年3月15日，中国民航总局组织在全国范围内统一举办2008年中国民航"三一五"消费者权益日主题活动，活动的主题是"共同努力迎奥运，打造优质服务年"。

3月15日上午，在北京首都国际机场，来自民航局、民航华北地区管理局、中国民航局消费者事务中心、国家质检总局、中国消费者协会、中国质量协会等单位的领导与代表，在现场为旅客提供咨询、发放旅客乘机指南，及其他宣传资料，向旅客宣传航空旅行知识和旅客应遵守的法律法规，正确引导消费者，提升备战奥运氛围。

中国民航局有关负责人说，这是民航继2006年举办"三一五"消费者权益日主题活动以来的第三次活动，是民航做好消费者权益保护工作的重要举措之一。

2008年，是举办北京奥运会之年，北京奥运会航空运输保障任务是我国民航有史以来承担的规模最大、历时最久的大型活动保障任务。

为实现航空运输安全、正常、优质的运行，完成奥运会、残奥会的航空运输保障和奥运会火炬境内外传递的航空运输保障任务，中国民航局决定2008年在全行业开展"奥运安全、正常、优质服务年活动"。

这位负责人向现场旅客们宣布,民航服务年的目标是:"全行业杜绝发生因服务引发的重大社会影响事件;避免发生旅客恶性占机、霸机事件;全行业航班正常率比 2007 年提高 3 个百分点以上;避免发生行李、货物的被盗、被冒领事件;行李和货物运输质量差错率比 2007 年降低 10%。"

这位负责人向广大旅客介绍,继续开展服务质量整顿工作,是服务年活动的主要内容。

2008 年 3 月,中国民航局组织各地区管理局对辖区内航空公司和机场进行服务质量专项整治的阶段综合评价和验收表彰,并将一些好的做法推广宣传,形成制度,为开展服务年活动打下良好基础。

服务年活动期间,中国民航局继续加大对航班延误处置、客票超售处理、行李运输质量等方面的监督检查力度,跟踪落实当年 7、8、9 三个月停止国内机票超售情况。

同时,结合贯彻相关国家标准和奥运会有关运输政策,检查航空公司运输总条件和地面代理协议执行落实情况,从航空客、货运输全流程的每道工序和各个环节,严格执行标准和要求。

开展航班延误专项治理工作,是服务年活动的重头。这位负责人表示,中国民航局要求:

一是为促进和提升奥运期间的航班正常率,以北京、上海、广州和其他涉奥机场为基地的航空公司,必须保持1至2架的备份运力。

二是因航空公司原因造成4小时以上延误而取消的航班,该航班上的旅客,可由当地民航主管部门决定交由其他航空公司转运,票款按全价结算。

三是2008年7、8、9三个月,在北京、上海、广州和其他涉奥机场开展航班延误专项整治工作。每月国内离港航班正常率排名后20名、且航班正常率在50%以下的,取消该航班本航季时刻。

四是调控部分机场运力安排。2008年夏秋在首都机场和其他涉奥机场采取措施,调控运力安排,确保奥运保障工作的顺利完成。

五是要求行业协会做好对销售代理人的监督、检查和管理工作。凡是有章不循、违法经营,侵害消费者利益的销售代理人,一经查实,行业协会要取消其相关资质。

这位负责人说:"为确保航空运输安全,为北京奥运会提供安全的航空运输服务,中国民航局决定,在现行的航空安全检查规定的基础上,从3月14日起,进一步采取航空保安特别工作措施。确保旅客的航空运输安全,是民航为旅客提供的最重要的服务,任何便民服务都要围绕并服从航空安全,希望广大旅客能够给予理解、配合和支持。"

为了服务年的活动内容落到实处,中国民航局对各航空公司超过和未达到 2007 年行业平均航班正常率的，采取了相应的奖罚措施：

航空公司、机场和服务保障企业要确保不出现因服务引发的有重大社会影响的事件和旅客恶性占机、霸机事件。如有发生，取消该单位已获得的服务类评比的先进称号，两年内取消参评资格，取消航空公司相关航班本航季的航班时刻；

加强行李运输管理，对行李和货物实行全程监装监卸，避免发生行李、货物的被盗、被冒领事件。各单位行李和货物运输质量差错率要比其 2007 年降低 10%；

因服务引发的群体事件、航班正常率低、航班延误后服务措施不到位、超售服务措施不到位、行李运输差错多的航空公司，中国民航局两年内不受理其扩大经营范围、设立分公司的申请；

根据航空公司、机场奥运会期间的表现，在 2009 年夏秋季航班评审规则中予以奖罚。

中国民航局这位负责人向广大旅客发出号召：

中国民航总局希望和期待社会各界和广大旅客积极配合、支持和参与民航的优质服务年活动，文明乘机，文明旅行，共同为在我国成功举办一届"有特色、高水平"的奥运会增光添彩。

深圳创立大维权模式

2008年,深圳市消费者权益保护委员会,积极破解新时期消费维权工作面临的新问题,针对消费者投诉数量日益增多、领域不断扩大、消费纠纷处理力量不足等难题,积极创新消费纠纷解决机制,建立起社会化大维权格局,形成了独特的"深圳模式"。

深圳市消委会刘飞秘书长说:"以前,在消委会工作最头疼的就是一年中上万件的消费投诉。"

深圳市、区两级消委会工作人员总共不到七八十人,一年立案的投诉上万宗,消委会工作人员平均每人一年要处理投诉上百宗,一年到头就是一天都不休息也难以处理完。

以前,消费者权益保护工作基本上由工商部门和消委会来做,形不成社会的大氛围。

现在,深圳市消委会创新了深圳消费维权工作的新机制,把社会力量都动员起来开展消费者权益保护工作,消委会不再唱独角戏,而成了消费维权"社会大合唱"的总指挥。

从庞杂的消费纠纷事务中解脱出来的刘秘书长终于不再为投诉头疼了,真正感到了神清气爽!

2008年,深圳市消委会在成功试点的基础上在全市范围内推广建立消费纠纷联合解决机制，取得了显著成效。

在中国消费者协会第四届二次理事会上，国家工商行政管理总局王东峰副局长高度评价说："深圳市消委会探索建立与政府部门、行业协会合作的消费纠纷联合解决机制，充分体现了消协组织的战斗力和创新精神。"

在消费者保护权益过程中，企业一直是消费投诉的被动者：被动地接受消费者的投诉，被动地接受消委会的调解。

人们不会想到，企业有一天也会走到主动者的位置，挂起工商局、消委会授予的"消费者权益服务站"的牌子，主动解决消费纠纷。

可在深圳这一切都成了事实，并得到了普及。2007年，深圳市工商部门和消委会面对日益增多的消费投诉，拓展思路，认为消费纠纷源于企业，也完全可以首先在企业和解。

解决消费纠纷不仅是工商部门和消委会的责任，更是企业的责任。企业主动和解消费纠纷不仅方便了消费者，减轻了工商部门和消委会的工作压力，使之更有条件向消费维权工作的深度和广度迈进，同时也使企业更能增强自己的社会责任，实现"责任回归"。

本着这种认识，深圳市工商局和消委会首先是整合电话资源，建立了全市一体化的消费纠纷处理系统和网上和解平台。

2007年3月15日，根据《深圳市12315/12358统一接听登记若干规定》，消委会与工商局整合资源，将市、区消委会的投诉、咨询电话由12315/12358进行统一接听登记。

消费者遭遇消费侵权，只要记住一个号码、拨打一个电话、点击一个网站即可，实现了消费者投诉"一口进、分转办、畅顺渠道、就近便民"的目标。

同时，还建立了市局（市消委会）、分局（区消委会）、工商所、企业消费者权益服务站四级信息网络，实现全市各级工商部门、消委会和企业间处理消费者投（申）诉信息共享和管理互动。

二是推广建立消费者权益服务站，搭建了企业承担消费者权益保护社会责任的实体平台。

从2007年开始，深圳市消委会联合工商部门在全市范围内推广建立消费者权益服务站，推动企业与消费者发生消费纠纷时"先行和解"，自觉承担起保护消费者的合法权益的责任。

2007年，在建立了639家企业消费者权益服务站的基础上，2008年又发展到1194家。

从2008年5月20日开始，消委会又对全市640家消费者权益服务站的协商和解员、产品质量员、物价员以及基层工商所的工商物价监督员共1567人进行了消费者权益保护法律法规、消费纠纷调解技巧、物价管理、商品检测和食品安全等方面的知识培训。

建立企业消费者权益服务站，出现消费纠纷时，让企业"先行和解"等措施，极大地提高了消费纠纷解决的效率，效果十分明显。

据统计，2008年深圳市、区消委会共受理、调解消费者投诉4794宗，比2006年度减少1万宗，减少67.6%，其中，受理后转往消费者权益服务站先行和解的消费者投诉892宗，占总投诉量的18.61%，解决857宗，解决率96.08%。

这一消费纠纷解决新机制引起了社会的广泛关注，被媒体称为解决消费纠纷的"深圳模式"。

深圳市还从制度入手，让政府部门和行业协会，成为消费维权新机制的一部分。

以前，遇到问题都是工商部门和消委会找到有关的政府部门和行业协会，请他们参与消费者权益保护活动和处理具体的消费投诉，政府部门和行业协会在消费维权机制中发挥的作用有限。

为深入开展好消费者权益保护工作，深圳市工商部门和消委会认为，必须改变这种现状，从制度入手，让有关的政府部门和行业协会都主动站到消费者权益保护工作的前台来，成为消费维权联合机制的组成部分。

2008年，深圳市消委会依照有关法律法规的规定，与17家政府职能部门、13家行业协会签署了《深圳市消费纠纷联合处理机制合作协议书》。

一是建立联络员制度和联席会议制度。

每个单位指定一到两名联络员，具体负责消费纠纷合作处理的协调、落实。

联席会议每年一次，讨论提出全市有关消费维权方面的重大决策和建议；协调解决联合处理机制参加单位之间对消费维权工作开展过程中存在的困难和问题；讨论研究需多部门协调解决的涉及侵犯消费者合法权益案件的解决方案；交流在处理消费纠纷中的工作经验；在发生突发性、大规模或涉及伤亡的重大消费案件时，召开有关单位参加的紧急联动会议，共同处理有关消费投诉。

二是建立网上信息传递平台。

为参与合作的单位在红盾信息网上建立消费者投诉信息接收、反馈的用户账号和密码，合作单位指定专职联络员每日登录查询、接收消费者投诉的信息，依据情况进行协调、处理并按照合作协议约定的时间期限进行反馈。

三是针对消费者投诉流转的范围及处理反馈约定了期限。

合作协议中对参与合作方在消费者投诉处理中的可以相互移转的消费者投诉范围、反馈期限进行了约定，明确了分工，建立了责任制，极大地提高了消费纠纷的解决效率。

四是约定了重大消费者投诉事件的应急、联合处理机制和信息发布制度。

参与合作的单位就职能相关的群体性消费者投诉事件和重大侵害消费者权益的行为，组成联合调查小组进行处理；合作各方建立信息通报机制，加强信息共享和情况交流，在履行法定职能过程中发现与消费者权益有关的重大信息，及时相互通报，视情况发布消费警示、提示。

五是达成全面合作的意向。

在合作处理消费纠纷的基础上，有关单位积极开展对商品和服务的社会监督、宣传教育、维权咨询活动及培训等多方面的合作，共同提高消费维权工作的效能。

深圳市还深入挖掘社会资源，让专家学者和消费者成为消费维权的有生力量。

随着消费结构的不断变化和消费者权益保护工作的不断深入，单靠消委会自身的力量去开展消费者权益保护工作，处理各种复杂的消费纠纷难度越来越大，成效也越来越小。为此，需要深入挖掘社会资源，把更多的专家、学者都组织到消费者权益保护工作的网络中来。

2008年，深圳市消委会成功地进行了第二届律师志愿团的换届工作，律师志愿团由第一届的15人发展到27人。到2009年，律师志愿团已成为消委会的重要"智库"，为解决各种复杂的消费纠纷提供了大力支持。

2008年，深圳消委会开展了有线电视、快递行业、家政服务等三大行业27个霸王条款的点评工作，发表了关于三鹿奶粉事件民事赔偿、电子客票、银行自动柜员机故障等消委会观点，这都有律师志愿团的深入参与。

2008年12月，针对汽车消费领域的消费者投诉增长速度快、争议的问题专业性强等特点，消委会又组织成立了由汽车制造、维修、销售等领域的16位专家组成的汽车消费维权专家小组。

这个小组一成立，便立即协助消委会开展对汽车室内空气的比较试验工作，帮助消委会解决了一宗复杂的汽车维修消费纠纷。

义务监督员队伍和消费者志愿者组织建设，更是深圳消委会2008年工作的重点。

深圳消委会把义务监督员和消费者、志愿者，作为消委会重要的有生力量来抓，通过广泛招聘，组建了一支由32人组成的义务监督员队伍，以及近百名志愿者队伍，并对这两支队伍进行了专门的培训工作，使之维权水平更高，战斗力更强。

深圳消委会组织他们对旅游、餐饮、交通、购物四大领域开展了大规模的消费体察活动。

体察人员分组参加了20家不同旅行社的20条不同旅行线路，对旅行社的门市服务、住宿就餐、交通、景点、购物、导游司机服务等全程进行暗访、体察。

对餐饮服务企业、商业服务企业和公交线路以及出租车公司的服务也进行了连续跟踪暗访和体察。

然后，体察人员写出了有针对性的体察报告并在媒体上公布，产生了很大的社会影响。

深圳消委会还开展了"奥运与消费"中学生板报竞赛,把学校开辟为消费教育的重要阵地。

消费教育进学校一直是消委会工作的重要目标,可实施起来难度不小。因为学校教育的规律性很强,教学内容安排得非常紧凑,其他的内容很难安排进去。

深圳市消委会这些年来所安排的消费教育进学校活动,采用最多的形式就是到学校发放一些消费宣传教育材料。消委会也正在和教育部门联系,打算共同编写消费教育教材,使消费教育进入到教学工作中去。

刘飞秘书长说,如何能使学校积极配合消委会开展消费教育进学校工作,成了消委会要破解的难题。"消费进学校,只有和学生的兴趣和思维特点结合起来,和学校的课外活动结合起来,才能真正走进学校,调动老师和学生参与的积极性"。

2008年7月,他们决定利用奥运会在北京召开这一重要契机,开展一次以"奥运与消费"为主题的中学生板报设计大赛活动,发动中学生把自己对科学消费、绿色消费的认识和理解利用中学生所喜爱的板报形式表现出来。

由于这项活动和学校课外兴趣活动有机地结合在一起,和学生创造性的思维特点相适应,又有市委宣传部和团市委的参与和支持,很快就得到了深圳市很多中学的响应。

活动从7月份开始,陆续收到了全市30所中学,

3000多名学生所创作的4000多幅作品。学生们在所设计的板报内容中不仅表现了对科学消费、理性消费、绿色消费理念的理解,而且还提出了自己在消费中所遇到的问题,表现出了对积极参与消费维权活动的热情。

他们说:"环保也许只是一张纸的厚度,一个塑料袋的重量,一个垃圾桶的距离,绿色消费就在我们身边。"

"消费不仅是大人的事,更是我们的事。我们是未来消费的生力军,我们是科学消费、绿色消费的先锋!"

刘飞秘书长动情地说:"这其实是一项具有互动性的双向教育,我们通过这项活动,对孩子进行科学的消费教育,孩子们也利用板报的形式在启发我们:在消费教育中不要忘记孩子,要关注他们的消费观念和消费追求。"

深圳消委会还推动跨区域消费维权合作,把深圳消委会的影响力推向全国。

深圳是改革开放的前沿城市,深圳消委会也坚持观念创新、机制创新,把自己的影响力推向全国。

为此,深圳市消委会十分重视推动跨区域消费维权合作工作。首先,牢固建立了和香港、澳门消委会的消费维权合作机制,建立了和香港、澳门消委会经常性的工作交流制度,把内地消费者在港澳地区发生的消费纠纷转到香港和澳门的消委会进行处理,处理后的结果又由深圳市消委会转给内地消费者,大大提高了维权工作效率,方便了内地消费者。

2007年，深圳消委会又和天津市建立了合作机制，达成了合作协议，使深圳和天津两地的消费者在彼此的城市发生的消费纠纷可以就近以最快的速度得到解决，产生了积极的效果。

2008年7月，在继续加强津、深、港、澳四地合作的基础上，深圳消委会还与香港消委会、湖南省衡阳市消委会在南岳衡山举办旅游消费维权论坛暨签约仪式，建立了三地游客消费纠纷快速处理机制和重大应急信息通报机制和常态化的合作机制。

跨区域消费维权合作工作的大力开展，加强了深圳市消委会和外地消费者组织的横向联系，扩大了深圳市消委会的对外影响力。

刘飞秘书长说，今后深圳消委会还要进一步推动跨区域消费维权合作工作，根据深圳消费维权工作的特点和要求，与更多全国各地的消费者组织建立紧密的合作关系，一方面可以更好地借鉴各地消费维权工作的好经验，另一方面又把深圳的创新成果推向全国，发挥出特区消委会的先锋带头作用。

深圳消委会还整合组织资源，进一步提高深圳市各级消委会的战斗力。

深圳各区的消委会分属不同的区域，资源分散。为了更好地提高深圳各级消委会的战斗力，2008年，深圳市消委会狠抓了市区消委会的资源整合工作。

一方面发挥市级消委会的人才优势，对各区消委会进行了两次系统培训工作，使各区消委会的业务水平不断得到提高。

另一方面又和区消委会合作开展比较试验工作，既使市、区两级消委会有限的经费得到了更加合理、有效的使用，又使区消委会的对外影响力得以增强。

2008年，深圳市消委会先后和宝安区消委会开展了修正液的比较试验，和盐田区消委会开展了防紫外线伞、美白祛斑化妆品的比较试验，和龙岗区消委会开展了汽车室内空气质量的比较试验。

如果没有这样的资源整合，深圳就完成不了这样多项目的比较试验工作。比较试验结果由双方联合发布，实现了市、区消委会之间的信息互通、资源共享，同时还扩大了商品比较试验的影响力，提高了消费指导和消费教育的效果。

另外，深圳市消委会还联合各区消委会开展宣传报道工作，由各区消委会每周向市消委会提供典型的投诉案例，市消委会经过整理汇总后统一对外发布，增强了新闻报道工作的力度，扩大了宣传报道的效果。

据统计，2008年，深圳市消委会共召开新闻发布会5次，在媒体发表各类稿件1411篇（次）。其中，消费警示、提示25篇，与深圳特区报合办的"消费说法"栏目累计达到100期，与中央人民广播电台"华夏之声"合办的"一周热点"分析栏目每周定期播出，在深圳热线网站设立的"消费直击"专栏上传各种消费信息1000多条，与深圳市广电集团合作的"生活三一五"栏目播出380多次。

深圳市消委会秘书长刘飞说，以后的消费维权工作，还要按照科学发展观的要求，继续不断地创新维权工作新机制，把更多的社会力量调动组织起来，投入到消费维权工作中，推动全社会共同承担维护消费者权益的社会责任，建立社会化大维权格局。

深圳推出示范活动

2009年7月30日上午,深圳市"消费争议和解示范企业"工作会议在市工商局隆重召开。

市消委会通报表彰一批在"和解消费纠纷"方面表现突出的企业,刘飞秘书长与第二批15家企业签署创建"和解示范企业"协议。

市工商局袁作新副局长出席会议并作了重要讲话。这标志着我市消费维权体系建设又上了一个新的台阶。

原来,随着消费市场的繁荣发展和人民生活水平的不断提高,消费者对消费质量的要求日益提高,呈现出消费纠纷数量不断增多、领域不断扩大、争议日趋复杂和消费者维权需求日益广泛等特点。

消费者投诉逐渐成为社会热点问题,传统的消费纠纷解决模式面临着成本高、效率低、资源不足等问题,迫切需要创新工作机制,构建消费维权新体系。

在此背景下,深圳市消委会在总结消费维权"进企业、进社区"成功经验的基础上,在全国范围内率先提出了消费纠纷"和解在先"的新理念。

2007年11月,深圳市消委会倡议开展创建"消费争议和解示范企业"活动。这项活动实现了政府、企业、消费者之间的"多赢"格局。

据统计，首批的 20 家"和解示范企业"从 2008 年 1 月至 2009 年 6 月，共"和解"市消委会转办的消费者投诉 1220 宗，处理率 100%，解决成功率 98.6%。

深圳市工商局袁作新副局长在讲话中指出，这些年来，市工商局、市消委会不断创新和发展消费者权益保护工作机制，建立了比较完善的消费维权体系：

一是全市消费者投诉、咨询电话由"12315"统一接听登记，实现了消费者投诉"一口进、分转办、畅顺渠道、就近便民"；

二是在全市各大商场、超市、专业市场、餐饮、通信、银行、装饰、维修、旅游、快递等领域建立了消费者权益服务站，基本形成了遍布全市的消费纠纷处理网络；

三是与 17 家政府职能部门和 13 家行业协会建立了消费纠纷联合解决机制；

四是组建了消费维权义务监督员、律师志愿团、汽车维权专家小组等专业队伍，使专家市民成为消费维权的有生力量；

五是与香港、澳门以及内地各大中城市建立了跨区域维权合作机制。

这五个方面的机制，逐步形成了一个由全社会各方力量共同参与的全方位消费维权体系，实现了天天"三一五"。其中，创建"消费争议和解示范企业"活动是推进消费维权体系建设的一项重要创新性举措。

消费维权，事关国民经济，事关民生百计。"消费争议和解示范企业"都是深圳市优秀的品牌企业。

深圳市消委会希望首批和第二批示范企业要做到下面六条：

一是着眼于"以人为本"，进一步优化流程、完善制度，在细节上运用"情""理""法"方式，相互配合解决疑难投诉，提高消费者的满意度；

二是要加强统计和分析，分级、分类统计消费者反映比较集中的热点问题，有针对性地进行研究解决，提高消费纠纷解决的实效；

三是要规范管理，进一步健全和完善管理机制，特别是对示范企业的标准、职责、工作任务和监督机制等都要明确规定并切实落实；

四是要加强联系，深入合作，在"和解示范企业"广泛开展消费教育、消费咨询、消费调查等活动，进一步发挥在消费维权体系建设中的作用；

五是要加强业务培训，建立制度化、常态化的学习培训和考核制度，提高消费纠纷和解的能力和水平；

六是要加大舆论宣传力度，充分利用新闻媒体对示范企业进行宣传，树立品牌，吸引更多的企业参与到创建活动中来，实现"以和解促和谐，以和谐促发展"的目标。

深圳岁宝百货代表发言说，为积极响应市消委会的创建"消费争议和解示范企业"活动，他们公司对消费争议和解机制进行了深入的探索和大胆的创新，探索出了"提前热身"和解法、"真诚感化"和解法、"多方增援"和解法等工作方法，并率先推出岁宝百货"先行赔付"制度，设立争议和解"诚信基金"，使消费纠纷得以快速的解决，同时为企业树立了良好的形象和社会信誉。

"消费争议和解示范企业"活动，得到了深圳市广大企业的积极响应，各家示范企业不断强化社会责任，积极处理消费者投诉，主动和解消费纠纷，实现了"有责投诉不出门"，在全市起到了良好的示范作用。

企业界发出责任宣言

2009年3月13日上午,"三一五"消费者权益保护日系列活动大幕正式拉开。

由国家工商行政管理总局消费者权益保护局、中国消费者协会、中国消费者报社共同主办的"讲诚信,扩消费,促发展"高层研讨会暨企业诚信宣言活动启动仪式在北京举行。

在研讨会上,来自国家工商行政管理总局、中国消费者协会、国家发改委对外经济研究所、中国食品工业协会等部门的有关负责人,以及经济学、法学专家和一些知名企业的代表共聚一堂,共议诚信消费。

参加会议的人一致认为,中国的消费者权益保护事业任重道远,企业的诚信建设与道德自律是市场经济完善发展的重大课题。

面对国际金融危机的影响,面对扩内需、促消费、保民生、促发展的要求,加强诚信建设,是全社会包括政府部门、社会团体、新闻媒体、企业以及消费者共同的责任和义务。

在研讨会上,来自一汽集团、中粮集团、海尔集团和颐寿园等多家企业的代表,还在现场联名签署了《讲诚信,扩消费,促发展,践行企业社会责任宣言》。

下面是宣言全文：

"诚者，天之道也；诚者，人之道也。"我们深知：诚信，是企业的立足之本，发展之基。只有用100%的真诚，努力践行企业的社会责任，才能有效提振消费者的消费信心，有效应对国际金融海啸带来的严峻挑战！

因此，站在2009年"三一五"国际消费者权益日"的时空节点，我们向全社会发出"讲诚信，扩消费，促发展，努力践行企业社会责任"的庄严承诺：

我们将时刻牢记庄严的嘱托：企业要勇于承担起应尽的社会责任，"企业家身上要流淌着道德的血液"。努力加快企业诚信建设，努力构建企业道德自律的体制机制。

我们将更加珍视产品和服务的质量，加强责任意识，切实承担起产品质量安全第一责任人的神圣使命，为消费者提供品质优良的产品和服务。

我们将遵循诚实信用、以人为本的宗旨，严格依照国家的法律法规和标准，切实履行经营者的法定义务，自觉维护消费者的合法权益。

我们将严守企业的社会责任，努力促进社会的公平正义，努力促进经济、社会与环境的全面协调可持续发展,自觉引导消费者科学合理消费。

我们将铭记"消费者兴则企业兴,企业兴则国家兴"的至理,用诚信取信于消费者,用精良的产品和出色的服务提振消费者信心,为扩消费、促发展多做扎扎实实的工作。

信以立志,信以守身,信以处世,信以待人,毋忘立信,当必有诚。我们用诚信打造品牌,靠诚信实现永续发展。言出必行,欢迎监督。

这次研讨会,为进一步强化企业自觉履行社会责任的意识,坚定广大消费者的消费信心,营造和谐放心的消费环境,促进消费者科学合理消费,推动经济社会平稳较快发展起到了协调作用。

三、企业行动

- 海尔商用空调部立即派出专业设计及安装人员上门服务,对原设计进行整修,直到用户完全满意。

- 三元集团董事长张福平说:"我们一直坚持自建牧场的发展模式,80%以上的奶源来自自己的牧场。"

- 国大经理于树中说:"金杯、银杯,不如消费者的口碑。一模一样的商品,从36524买的,给顾客的心理感受是放心,是品质。"

海尔集团真诚到永远

1994 年夏天,《青岛晚报》发了一则报道,谴责本市一名出租车司机把顾客买的海尔空调器拉跑了。

海尔公司知道了这个消息后,给这位顾客送去了一台空调器。

这条消息再次成为新闻,社会舆论一致赞誉海尔助人为乐,但是,海尔人认为:

> 这件事真正的责任还在企业身上,如果我们把空调器直接送到顾客家里,就不会出现这样的问题了。

由此,海尔公司酝酿推出了无搬动服务。售后服务环节不能产生利润,却要求企业较大的资金、人力和物力投入,因此有不少企业把售后服务视为负担,多数是借用别人的网络代理服务。

海尔公司投资建立了自己的维修服务体系。因为他们担心如果依靠别人的网络,很难达到海尔的质量与服务要求。更要紧的是,海尔会因此失去与用户沟通、了解需求信息的重要渠道。

海尔认为营销的本质不是卖,而是买,是海尔花钱向用户购买信息。当把服务视为企业发展战略的一个关键环节时，这种服务便成为一种自觉、一种主动和有意识的行为。因为市场永远在变，如果只是满足显现出来的需求，只能是跟在市场后面；如果能去寻找潜在的需求，就能成为市场的导向。

洗衣机销售淡季在每年的 5 月至 8 月。为什么夏季衣服换得勤，买洗衣机的反而少？客户反映，不是夏天不需要洗衣机，而是因为市场上的洗衣机容量都很大，一般是 5 公斤左右的，夏天衣物少，用起来不方便。为此，海尔开发了 1.5 公斤小型洗衣机，不仅在国内淡季市场大受欢迎，还大量出口。

四川一位顾客反映海尔洗衣机质量不好，出水口经常被堵住。经过了解，原因是他经常用洗衣机洗红薯。技术人员得到这个信息认为太荒唐了，洗衣机怎么可以用来洗红薯呢？

但是，海尔认为，这是一条非常宝贵的信息，说明顾客有了这个需求。后来，海尔就推出了一种既可以洗衣服又可以洗红薯、洗土豆的洗衣机。

还有一桩被业界人士称颂为"用户小小遗憾，引发空调器服务革命"的故事。

有位室内装潢设计师，在进行装修时，专门选择了海尔风管式家庭中央空调，并根据经验预留了两个出风口。实际装空调时，才发现空调出风口与预留位置有一定差异，给装修留下了小小的遗憾。

这个消息辗转传至海尔商用空调部，他们立即派出专业设计及安装人员上门服务，对原设计进行整修，直到用户完全满意。

事后不久，海尔集团便举行新闻发布会，继开办中央空调用户学校后，又推出空调专业设计师服务模式。这些举动不仅使海尔赢得了用户的信赖，更使他们赢得了更大的市场。

用机制保障真诚持久，从"顾客永远都是对的"到"用户打一个电话，剩下的由海尔来做"，从"真诚到永远"到"国际星级服务一条龙"，海尔的理念在延伸。

没有哪个企业不明白诚信对于立企、兴企的重要性，但在具体实践中差异却很大。企业能不能在理念、模式和机制上保障并发展自己的诚信呢？海尔有一个很著名的广告语，叫作"真诚到永远"。

海尔总裁张瑞敏解释说：一个企业要永续经营，首先要得到社会的承认、用户的承认。企业对用户真诚到永远，才有用户、社会对企业的回报，才能保证企业向前发展。

"顾客永远是对的，"张瑞敏说，"不管在任何时间、任何地点、发生任何问题，错的一方永远只能是厂家，永远不是顾客，不管这件事表面现象看来是不是顾客的错。"

一位农民来信说自己的冰箱坏了。海尔马上派人上门处理，还带了一台新冰箱。赶了200多公里到了顾客家，一检查是温控器没打开，打开温控器就一切正常了。

海尔管理层却就此进行了认真的反思：绝不能埋怨顾客，海尔必须满足所有人的需求，要把说明书写得让所有人都读懂才行。

海尔认为：所谓服务是广义的，是从了解用户潜在需求到产品的设计、制造直到送达用户的全过程。做好一个产品，做好一段时间的工作，做好一部分顾客的工作并不会很难，但要天天如此，真是太难了。怎样才能达到"真诚到永远""顾客满意到永远"呢？

海尔在实践中提出并逐步完善了一些管理思路。

第一个是以创新为导向的螺旋上升的三角结构。三角的一端是市场需求，一端是产品创新，还有一端是质量保证和服务体系。

需求是导向创新的来源，通过主动搜集世界各地市场的各种需求来确定创新的课题。创新课题一经确立，便被纳入质量保证体系和服务网络，保证把产品推进市场并反馈新的需求，就这样不断循环、螺旋提高。

第二个是斜坡理论。经营中的组织好比是放在斜坡上的一个圆球，圆球随时都会滚下来，因此必须给它一个止动力，这种动力就是组织的基础管理。

有一次张瑞敏到日本考察一条生产线，日本老板对他说："这里一个真正合格的贴商标的工人需要培养两年的时间。"

这使他深受启发：贴一个商标没什么难的，然而把一个简单的事成千上万遍准确地做到位，肯定不是一件简单的事，这对质量控制是非常重要的。

因此，他回公司后对生产线进行了责任到人的制度。完成一台冰箱需要经过 156 道工序、545 道工位，他们把每个时间的每个动作都分解到位，每项指标都落实到人，从而造就了优质的生产线。

实施国际化战略后，海尔提出了新的口号：

创造国际美誉度。

美誉度就是在知名度和信誉度的基础上，满足顾客潜在的需求。

海尔认为，只要有钱打广告，知名度就上来了，但顾客不一定满意。质量和服务都合乎相关法规要求，产品就有了信誉度，但却没有研究顾客真正的需求。

因此，海尔先后在欧洲、美国、亚洲等地区建立了自己的生产基地，并在海外建立了 18 个设计中心、56 个贸易中心和 4 万多个营销网点。他们的目标就是要在国际市场创美誉，创出国际名牌。

三元集团用良心做事

2008 年,在乳制品行业发生诚信危机时,三元所有上市乳制品均未检出三聚氰胺。

中国奶业协会常务副理事长兼秘书长魏克佳说:"乳制品行业诚信危机的根源,是企业一味追求发展速度,忽视以诚为本的企业基本价值,漠视企业社会责任。从根本上讲,必须重建社会商德体系,企业树立科学发展观,自觉执行国家标准和行业标准,营造一个干干净净的奶制品市场。"

有着 50 多年历史的三元集团,在乳品企业纷纷抢市场、抢奶源、规模扩张的竞争中,经受住了这次乳业事件的考验。

三元集团董事长张福平说:"我们一直坚持自建牧场的发展模式,80% 以上的奶源来自自己的牧场。"

在业内一些企业眼中,三元模式是个笨办法,因为单从财务角度来看,养奶牛、建牛场成本高,是件费力不讨好的事。奶牛从出生到产奶,周期在两年以上,投资大,回收期长,远不如直接投入市场营销见效快。

重市场、轻牧场,打广告、建工厂,使一些企业规模成倍扩张,很快就尝到了甜头。而三元的谨慎策略,市场份额却开始相对萎缩,利润降低,企业亏损。从 20

世纪 90 年代末，由占北京牛奶市场 80% 的份额，下滑到前一年的不足 40%。

张福平坦言，当时企业压力很大。食品企业干的是良心活，有多少奶源产多少奶，企业发展不能违背行业规律。行业里有些企业太浮躁，奶牛养殖年增长速度只有 15% 至 20%，而加工企业成倍地过度扩张，没有奶源保障，拿什么生产放心奶制品？

三元斥巨资引进世界"名牛"后裔，建立了自己的种公牛基地，下大力气建立养殖中心。为从源头保证奶源质量，从"牛嘴"开始做起。所有采购的饲料均必须通过分析化验，并保证饲养过程的全程监控。根据不同阶段奶牛的营养需要，科学调配日粮，奶牛吃得很讲究，是营养配餐，一天的生活费 60 多元。

到 2008 年，三元共拥有 27 个规模化奶牛场，奶牛总存栏 3.5 万头，年生产优质原料奶 1.6 亿公斤。中心的高产母牛年产奶量最高的已达 1.5 万公斤，是我国平均母牛产奶量的 5 倍。不仅产量高，奶源质量也很好，三元奶平均体细胞数在 20 万以内，细菌总数在 10 万以内，平均脂肪含量 3.6% 以上，蛋白质 3.0% 以上。这些都远远高出行业平均数据。

在三元食品的生产车间，检测员完成最后环节的取样检测后，又来到管道边，喝了口样奶，这是三元食品每批产品都做的"人体试验"，自己首先要喝，才能给消费者喝。

但是，检测员也有困惑，有段时间，受广告误导，一些消费者认为香、稠的是好奶。三元牛奶稀，不是好牛奶，或者是掺水了。当时，员工们感觉挺委屈。事实上，正常的牛奶应具有的香并非异香，爽口而非粘口。

"三元牛奶，一不掺水，二不添加任何增稠剂、稳定剂，而这样原汁原味、实在做产品的，为什么市场不认？"员工们都很纳闷。

"我们受的教育就是要讲信誉，赔钱也不能掺假。"在这个岗位干了17年的检测员张景芳说。在三元，靠良心把住质量关的理念，深入了每一个员工的心。

"三元有责任告诉消费者，什么样的牛奶是好奶。"三元集团总经理薛刚说。尽管三元面临的是一个不成熟的市场，尽管消费者还有误解，但三元依旧坚守产品质量安全，用国际标准打造三元。

接收原料奶时，三元几乎所有的乳品公司都执行了极为严苛的检验标准，每一车送达乳品厂的鲜牛奶都需要取样化验；原料奶过关后，便可从奶罐车直接进入生产管道，实现全封闭生产，牛奶不与外界环境接触，避免了环境对产品质量的影响；乳品加工全过程均由专人跟踪；根据国家和企业的检验指标，每批产品都做30项以上检测。

细心的北京市民王大妈发现，这些天，三元牛奶的冷藏车增加到每天两次。在甜水园的京客隆超市，一到下午，三元袋装牛奶就买不到了。王大妈说："老老实实做产品，终究会有回报的。"

"为了达到国际标准，三元曾先后3次提升产品标准。"北京三元集团三元食品股份公司副总经理陈历俊说。第一次是在1998年，当时的国内奶厂都实行国标的按级论价，而三元却提出"按质论价"，将蛋白纳入计价体系。通过引导奶源品质的提高，提升了成品奶的质量。

几年前，三元食品就在全国率先推行"无抗奶"生产。所谓"无抗奶"就是不含抗生素的牛奶，也就是无病牛产出的奶。每个牧场配备的防疫人员每天都要在牛舍里巡视，病牛会在第一时间被分离出来进行治疗，它的奶会另行处理。完全康复后才能重新"上岗"。2001年底，三元将体细胞指标纳入质检标准。

陈历俊介绍说，牛奶中体细胞增多，牛就可能得了隐性乳房炎，相当于人处于亚健康状态。根据现有国标，这样的奶不能说不合格，但肯定是不健康牛生产的，三元不用这样的奶。

"引导行业规范发展，让消费者喝上健康奶，是国有企业义不容辞的责任。"张福平说。

开展"放心奶"工程活动

2008 年，自乳业危机后，作为中国乳业的龙头企业，伊利集团领先推出"放心奶"工程。

原来，在三鹿事件后，中国乳业遭受沉重打击，痛定思痛之后，一种渴求奶类产品安全可靠的愿望开始深入人心，成为政府、企业、消费者的共同意愿，千言万语凝练成一句话，那就是"放心奶"。

在伊利集团实行"放心奶"工程的日子里，伊利集团通过多种方式邀请、吸引消费者参与，零距离接触伊利。

伊利集团与搜狐新浪等门户网站合作，推出了 24 小时网络生产直播平台，使得消费者足不出户就可以通过视频随时看到伊利产品生产的全部细节。

与此同时，伊利还邀请消费者和媒体与伊利工厂"亲密接触"，亲眼见证伊利产品的生产与检测细节。

在生产"放心奶"环节，伊利除积极配合国家相关部门进行检测之外，更在企业内部推行"三清、三保"和"抓两头"的应急举措，通过购置仪器、增派人手、架设沟通平台、加大监管力度等在非常时期保证产品质量安全。

同时，按部就班地推进奶源基地建设的长效安全机制,从长远角度夯实奶源基础,在源头严把乳品质量关。

伊利作为中国乳业的龙头老大,领先推出"放心奶"工程,是其自身的迫切要求,也是响应了时代与人心的要求。

这一项项领行业风气之先的措施,很快就得到了回报,消费者对伊利的信任在增加,正面的评价也越来越多,媒体纷纷评论:"伊利开启了中国乳品行业透明监督的先河,代表了中国食品安全发展的一种走向。"

在"放心奶"工程得到普遍认可的情况下,各地奶企和有关机构也纷纷开始行动。

2008年11月10日,山东省临沂市申请配置的生鲜乳检测设备及牛奶检测经费,已全部到位。配备相应的检测仪器和设备,提高检测手段,对生鲜奶和饲料质量实施抽查检测。山东临沂市民喝上当地的"放心奶"又多了一重保障。

11月17日,浙江省金华"放心奶"工程启动仪式在市区人民广场举行,市领导出席启动仪式。

11月18日,为了保障市民喝上放心奶,南宁市政府安排100万元专项资金,用于10个奶站的改造和冷链设施的配备,同时下拨专款用于加强奶站管理和检测。

全国各地的其他"放心奶"工程还有很多。

"放心奶"工程不仅是中国乳业的自我救赎,而且代表了时代的方向,让人们看到了中国乳业乃至食品业的希望。

老字号推出放心早餐车

2008年，一辆辆撑着红黄相间遮阳伞的不锈钢早餐车，悄然改变着嘉兴市民晨间的消费习惯。

"现在社区门口就有'五芳斋放心早餐'车，既卫生又实惠，我平常都不大做早饭了。"家住该市电子小区的曹莉英阿姨手里提着热腾腾的包子，开心地说。

2007年10月，嘉兴市政府启动"放心早餐工程"以来，不到一年的时间，"五芳斋"的放心早餐车已遍布全城，经营网点发展到近200个。

受"马路摊点"在卫生条件等方面的困扰，多年来，嘉兴市民一直盼望能吃到方便、实惠的早餐。

"五芳斋"针对嘉兴早餐市场的现状和市民的消费心理，推出了放心早餐车。

早餐车依托市民对百年老字号的信任，推出单个售价平均不超过1.5元的4大类近30个早点品种，采用贴近大众消费的规模化运作，通过统一样式的早餐车，统一定点、定时、定人，挂牌上岗；统一培训、配送、品质控制等信息化管理，一举打开了市场。

"五芳斋"不仅在早餐的营养搭配上动足了脑筋，而且每个季度还推出符合人们饮食习惯的新产品。

"五芳斋"的负责人说："像黑米粥、银羹汤等就是为'放心早餐工程'量身定做的产品,我们的用心也赢得了群众的信任,现在业务一直呈上升趋势。"

不到一年时间,"五芳斋"的放心早餐就打开了局面,还吸纳了300余下岗失业人员就业,把"小早点"做成了一块日销售额超过10万元的"大蛋糕"。

除了开拓嘉兴本地早餐市场外,"五芳斋"也把放心早餐推向了周边城市,参与了湖州、临平以及省外苏州、常州、南通等城市的"放心早餐工程"建设。

中盛让市民吃上放心油

2009年，福建省厦门中盛粮油企业有限公司，生产食用植物油能力达23万吨。

"盛洲"食用植物油系列产品，因质量保证，行销全国20多个省、市和地区，成为全国知名品牌。

2000年，针对省内食用油市场产品品牌五花八门、良莠不齐，散装油掺杂使假等现象，厦门中盛粮油企业有限公司董事长黄文传作出承诺："中盛有能力、有实力保证为消费者提供健康、营养、安全、卫生的食用油，保证本公司产品100%合格，愿意接受质检部门和同行业及新闻媒体的监督。"

为了让市民吃上放心油，黄文传率先在福建省倡导实施"盛洲食用油放心工程"。

在质量控制方面，黄文传一直都非常严格。他举例说，国家标准对花生油要求1个酸价以下，而他的要求则是在0.5个以下。

这几年来，大小两三百次的质量抽检，中盛每次都是100%合格。

到2009年，在现代化的生产车间内，中盛粮油每天的产量已达到800吨。并且，中盛粮油由单一的花生油发展到生产"盛洲"食用植物油系列产品，成为全国知名品牌，产品行销全国20多个省、市和地区。

"实在是没有想到会有今天这样的规模！"黄文传感慨地说。

1988年，黄文传从承包村办小油坊做起，一点一滴地经营着自己的企业。

经过艰苦奋斗，他将一个濒临倒闭的村办小油坊，发展成为农业产业化国家重点龙头企业、全国用户满意企业，并连续3年被评为厦门企业100强。

因此，黄文传也被评为全国劳模、福建省十届人大代表、厦门市第十一届政协常委。

15年来，黄文传始终保持节约、朴素的生活习惯，在周围人看来有些"吝啬"的他，却在过去15年里向社会捐款捐物达600多万元。

展望未来，黄文传说，随着公司增资扩股，预计到2010年，中盛粮油年产值将超过30亿元，"盛洲"也会成为中国非转基因食用油第一品牌。

国大连锁服务赢得诚信

2009 年 7 月，根据商务部办公厅、国资委行业协会统一部署，经石家庄市商联会、石家庄市商业信用中心初评推荐、技术模型测评，以及全国评价委员会最终审核评定，石家庄市的国大连锁、东购、建华百货、保龙仓等 10 家企业，被授予 2008 年"企业信用评价 AAA 信用企业"，有效期 3 年。

据介绍，"AAA 企业"的评定，有许多的条件限制。诸如近 3 年产品销售率平均不足 90% 的，近 3 年有不正当竞争行为的，有环境污染，治理未达标的等，都不能参加评定。

在本次评选中，石家庄市的"国大连锁"在信用等级上获"AAA 级"。国大连锁总经理于树中认为这是对国大连锁诚信莫大的荣誉，同时也是更大的激励和督促。

国大连锁将诚信融于为消费者服务的每一件小事里面，细心、真诚的服务就是他们经营的最大武器。对于他们而言，能够使消费者方便且放心地去消费，是他们的责任。

市民许先生去植物园时，胃部感到不适，他惊喜地发现在植物园附近竟然有一家国大 36524 便利店。他说自己在店里要了热牛奶和热腾腾的蛋饼，轻松地缓解了自己的痛苦。

回来后，他成了国大36524便利店的常客。给上学的孩子在店铺里买一份汉堡和牛奶作早餐；给工作繁忙的爱人订份盒饭外加一份甜甜的南瓜汤；深夜下班或看电视累了，就到楼下便利店来一份点心作宵夜……

其实，在国大36524便利店，像许先生这样的客人不在少数，他们对国大连锁的评论是：放心的早餐店。店里的早餐总是现场加工制作，价格也不贵。所以多数店员都对店里的多数早餐购买者都比较熟悉，谁大概什么时间来，谁喜欢哪种牛奶等等。

经理于树中说："我们从速食的品种和口味上在做出各种各样的努力，速食是便利店的特色，不仅能增加业绩，还能提升来客。同时，我们把质量作为重中之重，店里的卫生和食品制作的过程都有极为详细的规定。"

与此同时，消费者对品牌价值的认同，会直接影响他的消费选择、爱好和取向，良好的品牌形象，同时也会提升消费者的信心与价值。

随着国大便利店细心周到、多渠道的增值服务，更凸显国大36524的自身优势和服务性。

手机没话费了需要充值；家里的水电煤气费没了需要交费；网上买了一大堆漂亮的商品，需用信用卡还款；家里老人购物不方便，需要送货上门……这些每天都会影响消费者日常生活的需求，也正逐渐由附近的国大36524便利店解决。

于树中认为，便利店特征之一就是"细心周到的服务"，从消费者的衣食住行，到一日三餐的吃喝拉撒睡，36524便利店就是要提供全方位的便利服务。

2009年，门店扎实开展好银联卡付费，电费、燃气费代缴，手机固话充值，送货上门，网上购物，免费提供开水和冲泡方便面，飞机票代订等各项服务。通过抓住细节提升来客数和店的信誉，这便是国大连锁的又一商业理念。

尤其自2009年1月1日起，国大36524所有门店的"拉卡啦自动金融服务"终端机的启用，原本只有在银行才能办理的日常还款、缴费等业务，现在都可以在国大36524通过拉卡啦金融终端机进行。

从此以后，在石家庄市民周围出现了近两百家对百姓而言是不用排队的"银行储蓄所"。随着36524便利店的不断发展，拉卡啦的数量还会不断地增加。

与此同时，虽然便利店业态在购物空间和品种齐全方面，是无法与超市和购物中心相比的，但国大连锁抓住便利店的核心竞争力，用足便利店的"四大原则"：实行鲜度管理、保持畅销品齐全、保持清洁卫生、提供亲切的服务。

2005年，国大便利店就率先在石家庄开展"创建绿色便利店——把健康带回家"绿色营销活动。并在石家庄市百余家连锁经营网点悬挂"加强行业自律，保证食品安全"示范单位自律牌，向社会郑重承诺本店无假货，绝不出售过期商品，诚信经营，营造健康消费环境。此举受到了社会各界的广泛关注，得到了广大消费者的认可。

2008年，国大36524便利店还推出了"发现一件假货，让你做店长"活动。通过自身的努力，创造诚信和谐的消费环境，号召更多的企业投入到"讲诚信，做实事""以诚信建设促进商业发展"的行动当中。

"发现一件假货，让你做店长"的活动，也是为了让每一位市民都成为国大36524的监督员，促进企业的诚信建设更上一个新的台阶。同时，也开启了让每一位普通人投入到社会诚信体系的建设当中，重新树立石家庄市诚信建设的新风尚。

国大经理于树中说："金杯、银杯，不如消费者的口碑。一模一样的商品，从36524买的，给顾客的心理感受是放心，是品质。"

当然，他认为，这不是一朝一夕的事情，是国大连锁捧着一份真诚的耐心，经过十年的努力取得的硕果。

他认为，作为国大36524便利店，一定要在满足消费者便利需求上下狠功夫，这是便利店的商品结构特色所要求的，也是便利店的生存之本。

于树中还提出了"把公益当成事业做"的全新理念。在工作中他始终强调："我们所建立的企业都属于利润低但社会效益突出的行业，它是最大的公益事业。"

多年来，国大连锁除了通过经营为社会作贡献之外，还开展了一系列公益活动。如在资助特困家庭和外来务工人员、资助贫困生上学、改善残障儿童学习环境、救助先天性心脏病患儿、关注环保节能等方面投入近千万元。

另外，2008年6月份，在于树中的倡议下，结合石家庄市委、市政府"三年大变样"工程，公司联合石家庄市劳动就业服务局，以及媒体共同开展了"千余岗位帮扶待岗者创业"活动，这些岗位重点向城市拆违拆临中下岗失业人员和灾区来石务工人员倾斜。到2009年，已有近650余名人员通过免费技能培训走上了工作岗位。

2009年，国大连锁公司还实施"三个一"创、就业计划，为社会创造更多的就业岗位。

一是省会城市要开100家国大36524便利店，安排1000个就业岗位；

二是开拓社区就业服务平台，向社会提供1000个创业岗位；

三是在周边县市建设国大农家店100家，365生活广场20家，解决1000个返乡农民工创业、就业问题。

同时，国大还计划在全市大中专院校里开设便利店，为学生提供实习和勤工俭学岗位。

老字号服务荣获金牌

2009年7月,河北省石家庄建华百货大楼,被授予国家级首批"AAA级信用企业",再一次实现了省会商企老字号的新跨越。

建华百货的老顾客刘先生说,建华百货好多售货员的绝技都让人折服。同时,商品质量好价格还实惠,是消费者心中名副其实的"亲民百货店"。

2003年起,建华百货重新确立了"以知名精品为引导,以优质中档品牌商品为主导,以大众商品为辅导"的市场定位和"强化品牌、突出品类、提升品位、降低价位"的经营方针。

建华百货的商品都是明折明扣,这里种种为百姓着想的做法很受欢迎,所以,大家都亲切地称建华百货为"亲民百货店"。

"看一眼手掌,就知道你穿鞋的码号。"一男鞋专柜的售货员有此绝技。售货员的绝技缔造了建华百货的服务传奇。不少专柜都培养和锻炼出来了技能高超的售货员,如"观体拿衣""观手拿戒""美的使者""织补大王""不锈钢专家"等,都成了建华百货的服务传奇。

建华百货除在硬件设施上给消费者创造舒适的购物环境外,还十分注重缔造服务品牌。

在石家庄，建华百货是实施品牌服务最早的商业企业。到 2009 年，建华百货已向社会推出五批共 20 多名"服务明星"、40 余名"服务标兵"。此外，建华百货还涌现出了国家首批命名的"青年文明号"先进柜组，有的员工还到北京人民大会堂领过奖。

建华百货的全国劳模人数在省会商企里一直名列前茅。到 2009 年，建华百货获得全国和省市商业系统劳模称号的有 10 多名。

2008 年，建华百货又提出了"零环节、零距离、零遗憾、零风险"的"四零服务"，确保每一个步骤和每一个环节都让消费者满意。

建华百货不仅仅赢得了顾客，同时还赢得了供应商。建华百货对所有进驻的供应商，都不收进店费，这样就使供应商的投资成本降低，从而使商品以最低价格让利于顾客。同时，建华百货严把商品关，严禁假冒伪劣商品和不合格产品上柜销售。

杨新元说："诚信锻造出消费者对建华百货信得过的金字招牌。这些荣誉都是对建华百货的肯定，建华百货一如既往地坚持诚信理念，构建和谐诚信体系，让每位消费者都能体验到美好的购物之旅。"

天元赢得消费者信赖

2009年6月,石家庄天元集团"正直做人、用心做事、诚信经商"的企业价值观再一次得到印证,被评为"国家级首批AAA级信用企业"。

"AAA"并不是个简单的符号,它表示企业信用程度高、产品质量优良、品牌价值过硬、各项指标先进等诸多方面的优势。

天元集团由石家庄市蔬菜副食品总公司改制而来,始建于20世纪50年代,历经几代人的探索与创新,天元已拥有了一批固定的消费群体。

始终秉承"诚信经营"的价值观,使天元发展到现在形成了以集团公司为龙头,以天元名品、天元超市、天元兴达物业、天元商务酒店、天元圣达食品代理等为分、子公司的综合性企业集团。

据了解,无论是天元旗下哪一种业态的发展,"诚信经营"都被运用在服务的每一个细节中。货真价实、服务到位等这些都是企业经营的基本原则,而真正地用"心"服务则是根本。

天元超市跃进路店员工魏桂琴在巡视时,发现了顾客遗失的1万多元现金,自己包好后耐心等待失主,并将拾得款全额奉还。像魏桂琴这样的感人事迹在天元企业中数不胜数。

在天元商务酒店，对于没有按约定时间到店的客人，无论是否客满，都必须在电话询问后再做取消预订。

在天元超市，24 小时开通无障碍退货，经常联合质检局对超市食品进行安检，对上架商品严格把关。

天元名品时尚服饰商场则与省工商局 12315 投诉中心和技术监督局签订了《质量联保协议》，专门邀请律师讲解各种法律法规等等，从而在根本上确保了消费者的利益。

天元集团董事长杨立新说："成也细节，败也细节。天元的企业价值观是这样要求的，天元的诚信也是这样实实在在做出来的。"

天元超市构建了"热心、细心、贴心、诚心、耐心"的五心服务体系，搭建了"售前、售中、售后"服务、"无障碍退货""电话订货""预约订货""送货上门""集团采购"等绿色服务通道，赢得了广大消费者对天元的信赖。

天元名品卖场形象的全面升级、网上购物通道的开通、爱心柜台的设置等各种无偿服务措施处处体现着人性化经营；天元保安勇斗抢包歹徒、爱心助学、爱心救灾、环保服装秀等赢得了消费者对天元的信赖。

在多年的发展中，天元人树立了"正直做人、用心做事、诚信经商"的企业价值观。

"卖信誉不是卖产品"的市场观念，使天元产品销到哪里，天元的最佳信誉就树到哪里。

所以，几年来，天元在商品种类、价格、服务质量、卖场环境、售后服务等方面的满意度调查结果均为100%，各种投诉、纠纷等处理结果创造了100%满意的佳绩。

天元集团的员工，正是因为在每一个细节服务上都做得精心周到，一诺千金，才成就了天元诚信品牌。

四、消费维权

- 为了鉴别一个商品的真假,艾合买提江骑自行车往返城乡十几趟,直到消费者满意为止。

- 杨剑昌说:"面对种种问题和压力,我将一如既往,义无反顾,勇往直前,鞠躬尽瘁,为党的事业,为国为民死而无悔。"

- 郭振清说:"我只是把这个作为一项爱好,一种社会责任感,我帮了你,你回去以后你还可以帮助他人。这是一种非常好的链条。"

艾合买提江热心帮助消费者

1984年,艾合买提江开始在新疆维吾尔自治区墨玉县工商局工作,后来又成为消协秘书长。

在平凡的工作岗位上,艾合买提江一步一个脚印,为墨玉县经济的健康发展作出了显著的贡献。他所领导的墨玉县消费者协会,连续两年被和田地区评为"消费者协会先进单位",他本人也连续三年被考核为优秀干部。

墨玉县地处塔克拉玛干沙漠南缘,喀喇昆仑山北麓,距乌鲁木齐市近2000公里,为斩断制假、售假者的"黑手",他率先提出"要保护消费者的权益,防范胜于打击"。

艾合买提江把预防工作作为一切工作的基础。十几年来,他的足迹踏遍了墨玉县的城乡村镇,他的身影时常出现在各个市场、商场和村落里的小卖部。

为了鉴别一个商品的真假,他骑自行车往返城乡十几趟,直到消费者满意为止。

2000年4月,艾合买提江接到因化肥质量问题,而造成1200亩小麦严重减产达9万多公斤的群众举报。

艾合买提江激愤万分,立即成立了专案调查组,并亲自担任组长,深入到200多户农民家中进行详细调查了解和取证，多次到县、乡两级供销社了解化肥的购销渠道，掌握了大量事实依据。

经艾合买提江调解，供销社一次性给农民赔偿经济损失 9 万元，为农民挽回了损失。

卡瓦克乡是墨玉县最偏远的乡，该乡 5 户农民为了加快脱贫致富的步伐，联合开荒造地，计划种苜蓿，并从个体户处购得苜蓿种子 35 公斤，因种子质量不合格，出苗极低，农民的辛苦和投资都付之东流。

当艾合买提江得知这一情况后，立即展开调查取证，经过多方协调，终于使 5 户受害农民获得 1.2 万元的经济损失赔偿。类似的案件很多，用艾合买提江的话来说，农民消费者不满意就是我们的渎职。

他还说："提高消费者的自我保护意识，才能真正保护消费者的权益。"

艾合买提江以"三一五"这一特殊日子为契机，每年邀请企事业单位负责人、私营企业主、个体工商户代表召开"三一五"消费者权益保护日新闻发布会。并结合县情，充分利用广播、电视、传单、板报等宣传媒介广泛宣传。

勤政廉洁、严以律己是艾合买提江对自己提出的要求。因此，人们称其为"铁面包公"。他以严格执法、热情服务，赢得了广大消费者的信赖，得到了人民的称赞。

刘世雄调解消费纠纷

1989年4月,清华一大学生在中关村某商店花200元钱买的裤子质量差,但商家不予退换,激起了学生的不满。

清华大学退休干部刘世雄,得到消息后,很快与商家联系妥善解决,平息了由消费引发的社会纠纷。

在学校和街道领导的支持下,经刘世雄多方奔走呼吁,1992年11月,全国高校首家消费者组织"清华园消协分会"终于在清华大学安家落户。

从那以后,刘世雄更是以高度的政治责任感,全身心地投入到维权事业中。

刘世雄曾因1.5元、一盆砂锅饭为学生讨公道,也曾为受伤的教授争取了8万元的赔偿;曾大海捞针解决大学生网上投诉,也曾帮助工程师在法庭打赢官司。

1998年,一位研究生在个体眼镜店购买了假冒富士胶卷,与其弟、厦门大学的学生,共同找店主商谈,在双方理论中,店主将其弟打伤。

此事激起了学生公愤,甚至波及厦门大学。数十名研究生,联名要求严惩打人凶手,否则就要采取必要的行动。

刘世雄立即赶到现场调解,店主赔礼道歉赔款600

元，并由工商部门处以罚金，又一次平息了一触即发的矛盾。

这样的事例在清华大学并不少见，而每次都能得以妥善解决，消协发挥的作用不可低估，更与刘世雄高度的政治责任感密不可分。

被砸伤右手近两年的罗教授，在刘世雄的调解下，终于获得了8万元经济、精神赔偿。

1998年，清华大学校医院，曾在泰州订购了一台工业用洗衣机，并付预付款5万元。后因产品存在质量问题欲退货，但厂家态度强硬表示只能修理不予退货，并提出如要退货不但5万元的预付款不退，还要用户包赔运输损失。

刘世雄依法调解，使厂方认识到问题的严重性，派来一位负责人专程处理此事。最后厂方无条件退货，退回预付款5万元，赔偿用户损失1万元。诸如此类的事不胜枚举。

到2002年，刘世雄经手调解结案1033起，为消费者挽回经济损失近40万元。

杨剑昌一片丹心为维权

自 1994 年，杨剑昌开始在深圳市罗湖区消费者委员会工作。

10 年来，他成功处理了近 3000 宗消费投诉案件，涉及消费者达 20 多万人，涉案金额近 95 亿人民币，为消费者挽回经济损失近 4 亿元。

在这些案件中：涉及金额在亿元以上的有 5 宗，百万元以上的 16 宗，10 万元以上的 58 宗；经中央领导批示过的 6 宗，省、市、区领导批示的 13 宗；成功调查处理因消费引起的死亡案 9 宗，伤害案 162 宗。他还废寝忘食地撰写及发表了 1360 多篇维权事业方面的新闻报道，对教育不守法诚信的商家，打击不法奸商起到了一定的作用。

与此同时，他还收到了数千封表扬信、41 面锦旗及 8 块牌匾。因此，他被广大消费者誉为"布衣杨青天""护法英雄"，为大家树立了一个正直、勤奋、拼搏、勇敢、博爱的榜样。

1998 年，杨剑昌正与深圳泰明巨骗团伙进行殊死的斗争。该巨骗团伙制造了骇人听闻的泰明国贸诈骗案、粤民百货诈骗案、宝华楼诈骗案、广客隆诈骗案等违法乱纪案件，涉案金额达 26 亿元。

1997年8月,许许多多的消费者不断地向杨剑昌反映受骗。他受命负责调查,发现粤民百货销售购物卡及泰明公司在招租过程中,存在着严重欺诈消费者行为和其他违法行为,民愤极大。

该团伙一方面大肆活动,向杨剑昌施加压力,不准他调查此案;一方面又托人传话,只要他不调查,愿意给500万元。

但是,杨剑昌丝毫不为所动。泰明团伙见杨剑昌软硬不吃,便恶人先告状,两次将他告上法院,一宗开出索赔1734万元天价,另一宗索赔5万元,让他坐了8次被告席,并恐吓杨剑昌及其妻儿,扬言用2000万元买他的人头,嚣张至极。

面对着巨大的精神压力和无休止的诉讼折磨,本来就身体瘦弱的杨剑昌,一次次病倒住院。但是,他并没有屈服,在他眼中,国家和人民的利益高于一切,他坚信正义终将战胜邪恶,决心与这股恶势力斗争到底。

从1997年到2000年,这3年,对于人类社会发展仅仅是一瞬间,但是对杨剑昌来说,是他艰苦卓绝、不懈斗争的3年,是他为维权事业呕心沥血、费尽心机的3年。

残酷的斗争让他受尽煎熬,一头黑发也熬成白霜。最终,在他咬紧牙关、奋不顾身的努力之下,终于赢得了中央、省委、市委各级领导对此案的高度重视,并设立深圳"408"专案组立案侦查,公安部也发出了一号国际红色通缉令，勒令将泰明的头头脑脑缉拿归案。

泰明案尚未结束，杨剑昌又展开了与惠州"唐京"这一中国殡葬改革史上的第一大案的艰巨斗争。

"唐京"通过非法出卖灵地、一地十卖甚至百卖的方式，重点骗深圳人，兼骗广州及珠江三角洲，乃至全国各地20多个省、市的百姓，涉案金额达数十亿元，骗得许多群众倾家荡产，债台高筑，甚至走向绝路。

杨剑昌不惧艰难，不顾安危，不停地奔波调查，整理了800份详细材料上报中央、省、市各级领导，使"唐京"骗局在社会上无法继续骗下去，团伙土崩瓦解。

在与"泰明案"和"唐京案"的斗争中，杨剑昌分别两次遭到黑色和蓝色轿车恶意冲撞，幸好他当时警惕，瞬即跳上人行道，才避开了这两起"飞来横祸"。

2002年3月28日，杨剑昌终于争取到国务院、中纪委、监察部下文命令地方查处此案。

同年5月28日，杨剑昌在单位食堂回办公室的路上，遭到两个大汉以啤酒瓶袭击其后脑勺的报复打击，医生检查后告知："只差4厘米便可致命，好险啊！"

2000年到2003年，杨剑昌解决了众多的消费案件，其中包括：解决7宗有关死亡事故及58宗伤害案的纠纷问题；布吉线排村800多村民被乱收费、乱摊派的问题；南山广场和大庄园共700多购房业主的纠纷问题。2004年，他又解决了9家地产商，在售楼中涉及质量和欺诈等5000多购房业主的纠纷问题。

化解了不少干戈，维护了许多弱势群体的利益，捍卫了法律的尊严，也为社会稳定作出了一个消委会普通干部应尽的奉献。

2004年上半年，杨剑昌又积极调查一宗私营企业开发的4个楼盘涉嫌严重虚假注资、偷税、诈骗等违法行为的案件，涉案金额达13亿元，为取证他做了大量艰苦细致的工作，该案已成功移送深圳司法机关立案侦查。

而一面面群众赠送的锦旗就是对他的赞扬和肯定。因护法维权取得出色的成绩，杨剑昌赢得了全国人民的赞赏与信任。

1998年，杨剑昌被中国消费者协会等授予了"全国受理消费者投诉十佳""中国保护消费者杯"个人最高奖；被媒体评为"全国十大新闻热点人物""中国十大硬汉"。

1998年，他被深圳市政府破格吸收为国家公务员。中央电视台的"焦点访谈""新闻调查""今日说法""东方时空""经济半小时""实话实说""午间新闻""晚间新闻"等栏目多次专题报道了他。

2000年4月，杨剑昌当选为深圳市第三届人民代表大会代表。2001年1月，杨剑昌加入了中国共产党。同年3月，杨剑昌被国家工商行政管理总局等六部委评为"全国维护消费者权益十佳"，被中国消费者协会授予"三一五"金质奖章等。10年来，杨剑昌共荣获国家、省、市、区60多项荣誉。

即使在获得这么多的个人荣誉之后,杨剑昌仍不改本色,他依然一声不吭、孜孜不倦地为人民做实事。

他在自己满身是病、没有工作,妻子下岗,孩子读书,还有双方父母需要赡养的情况下,仍然将1998年中国消费者协会和基金会奖励给他的1万元奖金,捐赠给了北京"希望工程"。

有不少企业看中了杨剑昌的社会号召力,派经纪人来请他做企业形象代言人,最高的开出500万元,最低的也有150万元,但都被他婉言拒绝了。

杨剑昌在给广东省委书记的一封信里这样写道:

"雄关漫道真如铁,而今迈步从头越",面对种种问题和压力,我将一如既往,义无反顾,勇往直前,鞠躬尽瘁,为党的事业,为国为民死而无悔。

黄志毅做消费者保护神

1997年底,黄志毅担任了厦门市消费者投诉服务中心主任。

为满足广大消费者投诉需要,他在广泛征求各方面意见的基础上,决定积极争取本局领导和市财政部门的支持,加强中心"硬件"建设。

在他的努力下,1998年厦门市委、市政府将"12315"消费者举报网络建设确定为政府为市民办实事的一项内容,筹集了大批资金,为"12315"消费者申诉举报中心配置了较高标准的交通、通信及办公设施,并开通了网上投诉,使投诉服务的渠道更加畅通,手段更加先进,大大提高了受理效率。

1998年9月4日,100多户村民联名向"12315"投诉:本村在实施电网改造中电线质次价高,发生了好几起电击致死事件,并私下决定,如果问题得不到妥善解决,就前往市政府门前静坐。

黄志毅深感事态严重,代表"12315"投诉台向村民郑重承诺:请相信"12315",请相信政府,一定能帮你们解决问题,最终使问题得到圆满解决。

淳朴善良的村民们对处理结果非常满意,他们步行7公里来到区上给"12315"送锦旗,表达对"12315"工作人员的感激之情。

在运行和管理机制方面，黄志毅提出并建立了三级消费者投诉服务网络。

2002年，厦门市"12315"申诉举报中心形成了蛛网式格局，从而达到多层次、大纵深、宽覆盖、灵敏联动、快速反应的目的，使投诉解决率更高。

在黄志毅和他的战友们的努力下，厦门"12315"消费者申诉举报工作已成为政府联系群众的"民心工程"、工商行政管理部门的"形象工程"。

黄志毅深知自己肩上担负的责任，在不断吸取经验的基础上，认真做到"文明执法、秉公办事、热情服务"。

从几角钱的针头线脑，到上百万元的商品房，无论事情大小，无论案值多少，只要有投诉，黄志毅和他的战友们都会倾注真诚和热情，尽力地去解决。

因此，厦门"12315"消费者投诉中心先后获得"全国优秀青少年维权岗""福建省先进集体""厦门市青年文明号""厦门市信访工作先进集体"等荣誉称号，被厦门市民誉为"消费者的保护神"。

这些成绩的取得凝聚着黄志毅和他的战友们的真情和汗水。为了广大消费者的利益，他们用自己的热血和真诚书写了一篇篇自豪的历史，在平凡的岗位上书写出他们不平凡的人生。

何俊秋依法维权为群众

1998年1月,何俊秋成为江西省新余市消费者协会的一名女干部。

5年来,何俊秋直接和间接经办了800多起投诉案,均得到圆满调处。

消费者李先生去某医院看病,医生给他开了"达芬拉露",药房给的却是"大佛喉露",在被告知是同一种药的情况下,患者取走了药。

回到家,李先生才发现药是过期的。受理这起投诉后,何俊秋和同事找到医院管理人员调查,确认消费者反映情况属实后,义正词严地指出了医院的违法行为。

医院有关人员认识到了自己的错误,当即赶到李先生家中赔礼道歉,除退回消费者车费、挂号费、药费外,双倍返还药费,李先生十分满意。

新余市消协曾受理一起涉外旅游集体投诉案件,7名消费者在交清规定费用后,随旅行社赴国外旅游,可是,在途中又被迫交纳自费项目、导游小费等费用。

受理这起投诉后,何俊秋和同事们一起多方奔走,耐心组织调解,最终为消费者挽回经济损失2800元。

几年来,何俊秋充分发挥自己是报社特约记者的优势,以发布消费警示的形式通过报纸、电视等新闻媒体向社会公布。尤其是在抗击"非典"期间,市消协发布消费警示:为了您的健康,请拒食野生动物,这条消费警示发布早,教育面广,具有现实及长远的指导意义。

作为一名专职投诉受理员,长期以来,何俊秋坚持用爱心、细心、耐心、慧心和热心为消费者服务,深受消费者的好评。

消费者袁某在家中使用热水器洗澡,不慎中毒身亡。其公婆写信给厂家联系,也没有得到解决。

带着一线希望,杨婆婆抱着3岁的孙子走进了消协办公室。在市消协的督促下,厂家代表仍以多种"理由"推脱责任。

面对困难,小何查资料,找专家,最终掌握了"肇事"热水器存在缺陷的证据,使袁某家属获得了2.9万元的经济补偿。

消费者沈女士赴北京看病时,花高价购买了一枚据说能治病的金戒指送给患有高血压病的父亲。

可经有关部门鉴定,该戒指不但不能治病,而且根本就不是金的,实际价值仅为20元!

由于受到父亲的误解,沈女士伤心欲绝,病情加重。受理投诉后,何俊秋多次与北京市有关部门联系,一直未果。

但是,何俊秋毫不气馁,她给中国消费者协会秘书长写了一封信,在中国消费者协会的帮助下,一个月后,沈女士收到了戒指的退款700多元。

何俊秋在认真做好案件调处工作的同时，也十分重视宣传报道工作。1998年以来，她先后在《人民日报》《审计报》《农民报》《中国消费者报》《中国消费者》发表稿件400余篇；省有关报纸、杂志、电台、电视台等连续四年被省工商局评为"优秀通讯员"称号。

自1998年1月从事消协工作以来，何俊秋多次被评为市工商局先进个人。2002年，她所在的市消协被中国消费者协会授予维权先进集体，她个人被省消协评为维权先进个人。

孙安民建房地产打假网

2000年,陕西省西安市的孙安民开始了他的维权路。

2000年6月,在陕西省西安市,老孙购买了西安东郊河滨丽景苑小区的一套住宅,可是没过多久,他发现自己购买的房子居然被开发商又卖给了另一位消费者。

气愤之余,老孙开始了与开发商的"斗争"历程,这一斗就是整整5年。老孙在维权的过程中发现,这个小区有他这种遭遇的消费者还不少,小区中的很多房子都出现了"一房二卖"的怪现象。

老孙调查发现,该小区居然"五证"全无,西安市有关政府部门告诉老孙,该小区属于违法建筑,购买小区住房的消费者的权益也不可能得到有效的保障。

为了维护自己的权益,老孙四处奔走,向媒体呼吁,向政府举报。几年艰辛维权下来,老孙不知道写了多少封投诉信,印了多少申诉材料。

老孙的老伴说,为了给自己维权,更多的时候为了帮助与自己有类似遭遇的消费者,老孙花掉了15万元的积蓄,而这是夫妇俩为女儿积攒的结婚费用。

为了更好地维护购房消费者的合法权益,老孙决定建立一个专门的房地产打假网站。2004年10月25日,一个名叫"老孙打假"的网站宣告成立了。

老孙打假网上的内容很丰富，有消费者维权论坛、举报线索、重要消费新闻摘录和与住房消费息息相关的国家有关法律法规。

每天都有消费者在这个网站上向老孙反映自己被侵权的经历，请求老孙给予帮助和指导。

据老孙介绍，网站建成8个月，就有3万多篇维权文章被阅读，总计有1.6万名用户访问过这个网站，它与国内相关的消费维权网站如中国消费网、全国打假网等建立了友情链接。

在没有任何经费来源的情况下，退休多年的老孙不仅每天在电脑前解答消费者的难题，给消费者写回信，而且自己拿钱帮助消费者打官司。

有些问题虽不属于房地产方面，但是老孙认为他无法拒绝提供咨询意见，因为消费者想到老孙打假网，就是对他的一种信任，他不能辜负大家的期待。

网站刚刚成立时，陕北一位农民购买的农用三轮机动车出现了质量问题，在多次与经销商、生产商协商无果的情况下，他经朋友介绍找到了老孙打假网请求帮助。

老孙认为这件事情证据确凿，属于典型的质量问题。面对与自己非亲非故的农民朋友，老孙在不收一分钱的情况下，自己出钱打长途电话、打印材料、发传真，几百元钱花掉了，最终这位陕北农民的麻烦解决了。老孙说，类似的事情他通过网站接待了10多起。

老孙说，他现在感觉很难，因为伴随着维权范围的逐渐扩大，只有老孙一个人维护的老孙打假网面临着人员、经费等方面的困难。

但是，随着处理消费纠纷的增多，老孙感觉自己比以前成熟老练多了。

现在，老孙经常在陕西省和西安市的电视台、电台做嘉宾，向更多的消费者传播消费维权知识和相关法律法规。

2004年底，陕西评选十大法治维权人物，老孙成了候选人。他认为，这是社会对他所做工作的认可。

郭振清义务调解纠纷

2008年是《消费者权益保护法》问世的第十五个年头，这15年，也是郭振清义务打假维权的15年。

20世纪八九十年代，注水肉、福尔马林泡毛肚、假酒中毒、压力锅爆炸、售货缺斤少两……让刚刚过上好日子的消费者十分忧虑和伤心。

1993年10月31日，第八届全国人大常委会第四次会议以历史性的第一次，全票通过了《消费者权益保护法》。

当时，郭振清是石家庄燃气集团公司宣传干事，有收集剪报习惯的他，看到刚刚颁布的"消法"，就剪下来学习研究。

一次，广州某化妆品公司在石家庄市搞抽奖促销活动，郭振清也参加了。抽奖结果公布后，他去商场看到装着选票的箱子还放着，多走了几家商场，有的选票还在箱子里扔着。

一问，有的商家把选票当旧纸卖了，有的当垃圾扔了，并且中奖人的名字都是编造的。

郭振清在与驻商场代表交涉无结果后，决定给广州打电话投诉。

郭振清找到新闻媒体揭露了这场骗局。这家公司害怕了，在报纸上又花了好多的广告费，不得不重新抽奖。

初战告捷的经历告诉郭振清：只要你不屈不挠维权，敢较真会用法律武器，肯定能有一个非常好的结果。

15年来，郭振清利用"消法"，调解了1万多件消费纠纷，义务法律咨询10万多人次。这些纠纷大到300万元存款被冒领案件，小到1块奶糖纠纷；重到质量事故伤害人，轻至劣质产品坑害人；涉及的人上到80多岁老人，下至六七岁儿童……

郭振清在义务打假的10多年里，电话多，出门多，义务消费维权花费就多。

认识郭振清的人，见面都真诚地说："郭老师，您辛苦了，您是个好人！"他只是嘿嘿一笑。

不熟的人曾经质疑他："俺们求你办事儿，你掏路费，好是好，可总这样，你的钱从哪里来？"他回答说："我有正式工作，有固定工资，没事儿。"

郭振清消费维权其实是入不敷出。郭振清说："我每年为此付出的费用大约是5万元，年工资是1.2万元！"

面对央视名嘴的追问，郭振清直言："不是不想要钱，确实张不开这口。找我的人几乎没有什么有钱的人，都是一些特别无助的一些穷苦老百姓。我只是把这个作为一项爱好，一种社会责任感，我帮了你，你回去以后你还可以帮助他人。这是一种非常好的链条。大家都生活在一个非常美的社会里。我跟伟大的雷锋不能比，雷锋最大的特点是主动去帮助别人,我这是向雷锋学习。"

说起郭振清,很多商家说,郭振清说事占理,不收黑钱,他们不能不按规定办。而且,郭振清谈话是交朋友式的诚恳,况且他这名人背后有一群媒体的、政府的朋友,不敢不按规定办。

有商家想请郭振清当顾问,用他的能力摆平消费者,但郭振清的原则是,讲课介绍"消法"知识可以,符合条件的也可以担任监督员,但绝不站在商家立场与消费者打对仗。

2003年5月份,郭振清应邀到一家从外地刚刚到石家庄做市场的燃气具公司。厂家为了严格自己的生产和销售渠道并扩大商业信誉,向郭振清提出一个请求,因为听说他是"打假名人",想聘他为形象代言人。

很长时间,郭振清反反复复地调查了该家厂商的信誉程度和用户的反映,再三考虑后,答应了这件事,并接受了一笔应得的劳务费。厂家主动提出每年给2万元,老郭却坚持每年5000元。

之后,老郭琢磨,在一定的原则下,接受厂商的邀请,不仅可以解决自己的经济困难,还有助于发展自己的事业,实现自己的理想。

有一年,一个房地产公司因为楼盘销售不好,找到郭振清,出年薪50万元聘他做形象代言人。老郭经过调查,发现该房地产公司销售不好的原因是楼房质量有问题。最后,郭振清不仅没有接受聘请,还投诉了这家单位。

2005年2月,"郭振清弱势群体法律维权援助中心"的牌子赫然悬挂起来。他还准备发起一个"信誉基金会",让那些厂商预先将一定的信誉基金,按照一定的程序存放到固定的组织里,当和消费者发生纠纷时,能够及时使处于弱势的消费者得到相应补偿。

河北省消费者协会副秘书长说:"'郭振清现象'宣传普及了《消费者权益法》,增强了人们的维权意识,这是任何行政力量都无法达到的。即使是政府的、消协的维权工作发展进步了,我们仍需要更多的'郭振清'。"

郭振清因为积极维护消费者权益,被中国消费者协会授予"三一五"金质奖章,还荣获"全国维权十佳"称号、全国十大法制人物等多项荣誉称号。

本书主要参考资料

《消费者权益保护法要点解答》法律出版社 法规中心编著 法律出版社

《消费者权益保护法》王先林 何宗泽主编 安徽人民出版社

《消费者权益保护纠纷律师在线答疑》刘瑛著 中国法制出版社

《消费者权益保护法条文释义与典型案例》王兴运主编 陕西人民出版社